親父の十手を輝かせ

親子十手捕物帳③

小杉健治

時代小説文庫

角川春樹事務所

目次

第一章　捨て子

一

十一月が近づき、すっかり冷え込んで来た。木々の葉は枯れ落ちて、木枯らしが落ち葉を掃いてしまった。辺りが乾燥していて、遠くに富士山《ふじさん》や筑波山《つくばさん》のくっきりとした姿を眺めることが出来る。

昨日来の雨は朝には止《や》んだが、風が強く吹きつけて身を震わせた。昼過ぎなのに、陽《ひ》が差していないから余計に寒さを感じる。

京橋大富町《きょうばしおおとみちょう》の薬屋『日野屋《ひのや》』の主人の辰五郎《たつごろう》は、近くであった寄合から帰ってきた。

辰五郎は四十代半ばで、体格が良く、涼し気な目をしている。

土間に足を踏み入れるや否や、

「旦那《だんな》、この方が」

と、番頭が話しかけてきた。すぐ隣には、息子の辰吉《たつきち》と同じ二十歳《はたち》くらいの男が立っていた。顔は色白の面長で、つぶらな瞳《ひとみ》が優しそうに見えた。

「初めまして。今太郎《いまたろう》と申します」

若い男は頭を下げた。

こんな寒い季節なのに、着ている物は綿が入っていない単衣《ひとえ》であった。それも着物が薄汚れており、あまり暮らしに余裕がないのだろう。首に布を巻いていた。

「どうしてここにやって来たんだい」

「初めは圓馬《えんば》師匠に話を持って行ったのですが、辰五郎さんに相談する方がいいだろうということで」

圓馬とは、霊巌島《れいがんじましろがね》銀町《ちょう》に住んでいる橘家《たちばなや》圓馬のことだ。地味で無愛想な男だが、芸が一流で慕う者も多い。辰五郎とは二十年来の付き合いだ。

圓馬のところから来たということは、薬の相談で来たのではないことは明らかだ。

辰五郎が元岡《おか》っ引《ぴ》きということを知っているのだろう。

「女のことか」

辰五郎が話しやすくするためにわざと違うことをきいた。

「いえ、違います。話せば長くなるのですが、実の親を探しているんです」

今太郎は真剣な眼差《まなざ》しを向けた。

少し厄介な話になりそうだと思った。

「まあ、奥に来なさい」

辰五郎は今太郎を招き入れて、店の間の奥にある客間に通した。

ふたりは火鉢を挟んで、向かい合って座った。

「あっしは捨て子でした」

と、今太郎がすぐに話し始めた。その話を聞くと、今太郎は最近父親を亡くしたらしい。その父が死ぬ間際に実は自分たちの子ではないことを告げた。

二十年前、富岡八幡宮《とみおかはちまんぐう》の境内《けいだい》の脇《わき》に赤子が捨ててあったのを父親が拾ったらしい。その赤子が今太郎だ。父親は信心深く毎日富岡八幡宮にお参りに行っていたという。だが、育ての親に子どもはなく、天からの授かりものだとばかりに大切に育てたという。だが、このことを隠して死ぬのも良くないと思い、死ぬ前に今太郎に打ち明けたという。

「それだけじゃないんです。あっしがよく人違いをされるんです。鉄之助《てつのすけ》とかいう男だそうで、あっしに似ているんだそうです。それも何回も間違えられました。もしかしたら、あっしの実の兄弟じゃないかと思いまして」

今太郎は、きっぱりした口調で言った。

「鉄之助は何をしている人なんだい」

「それが博徒のようで」

「居場所はわかるのか」

「いえ、それが島流しになっているそうで」

「島流しに？」

「喧嘩《けんか》で大怪我《おおけが》をさせたみたいで。なので、しばらく会えないんです」

「なるほど。それで俺《おれ》のところに来たのか」

辰五郎はようやく納得した。それなら、圓馬も元岡っ引きの辰五郎を頼るように言ってくるだろう。

「じゃあ、そいつがいつ出てこられるのかもわからねえんだな」

「ええ。それに鉄之助が本当の兄弟なのかも定かではないですし」

今太郎は困ったような表情を見せた。

「お前さんは実の親に関する手掛かりは全くないのかい」

辰五郎がきいた。

「手掛かりになるかどうかはわかりませんが、この根付《ねつけ》だけです。捨てられた時に帯に付いていたそうです」

今太郎は帯から吊《つ》るした印籠《いんろう》の先にある根付を見せた。猿が岩に腰を掛けて、空を眺めている物だ。

「変わった根付だな」

辰五郎は根付を手に持ち、顔を近づけた。

「ええ、骨董屋《こっとうや》に見せたら里美吉朝作《さとみきっちょう》の腰掛け猿という大変珍しい物だそうで」

「これを頼りに探せば」

「そう思ったのですが、里美吉朝という職人はすでに亡くなっており、その弟子もいないそうで誰《だれ》に売ったのかもわからないんだそうです。色々な骨董屋に二十年以上前に腰掛け猿が回って来たことがないかという話を聞いて回ったのですが、そういう人は見当たりませんでした」

今太郎は静かに答えた。

手掛かりがあまりなく、二十年も前の話だ。これほど厄介なことはない。

辰五郎は首を捻《ひね》った。

「お願いです。どうか、手助けしてくれませんか」

今太郎は他に誰もいないという具合に、縋《すが》るような目を向けてきた。

辰五郎は目を外して考え、断ろうと思ったが、息子と同じ年くらいの者に頼まれればなぜか無下にも出来なかった。

「助けになるかわからないけど、引き受けよう」

辰五郎は手間がかかりそうだが、腹をくくって返事した。

「本当ですか？　ありがとうございます」

今太郎は深々とお辞儀した。

「お前さんは今どこに住んでいるんだい」

辰五郎はきいた。

「日本橋馬喰町《にほんばしばくろちょう》四丁目で、郡代《ぐんだい》屋敷の近くです」

「商売は何だ」

「野菜の棒手振《ぼてふ》りをしています」

「住まいは実家かい」

「ええ、とうにおっ母《か》さんは亡くなっているので、今はひとりで暮らしています」

「そうか。ずっと馬喰町で過ごしているのか」

「いえ、あっしが拾われた時は入船町《いりふねちょう》で暮らしていたそうなのですが、あっしが四歳の時に馬喰町に引っ越してきました」

「二十年前に入船町というと、ちょうど知っている人が住んでいた。後で聞いてきてやるから、また数日後にいらっしゃい」

「はい、本当にありがとうございます」

今太郎は大袈裟《おおげさ》なくらいに頭を下げてから、手掛かりになるかもしれないからと腰掛け猿の根付を置いて『日野屋』を出た。

辰五郎の頭に杵屋小鈴《きねやこすず》が思い浮かんだ。小鈴は日本橋通 油 町《とおりあぶらちょう》に住んでいる三味線《しゃみせん》の師匠だ。

夕方になって、店の間に行くと客はおらず、番頭が算盤《そろばん》を弾《はじ》いている後ろ姿が見えた。

「今日は番頭さんに任せて大丈夫か」

辰五郎は番頭の背中に声を掛けた。

「お任せください」

番頭が振り返った。

「ちょっと、これから通油町の小鈴師匠のところに行ってくる」

「お凜《りん》ちゃんのお迎えですか」

「いや、違う用だ」

娘の凜は小鈴に三味線を習っている。

今日は朝の稽古《けいこ》が終わってから、浅草《あさくさ》の方へ芝居を観《み》に行くと言っていた。

辰五郎はしばらくしてから『日野屋』を出ると、真福寺橋《しんぷくじばし》を渡り、楓川《もみじがわ》沿いに進み、日本橋川を越え、伊勢町河岸《いせちょうがし》を通って大伝馬町《おおでんまちょう》の方から通油町へ入った。

通油町の小鈴の家の前に着いたのは、暮れ六つ（午後六時）頃《ごろ》であった。家の中から三味線の音が聞こえてきた。裏庭から覗《のぞ》いてみると、まだ稽古をつけているところだった。

辰五郎はしばらく待つついでに、隣の料理屋『一柳《ひとつやなぎ》』に顔を出した。ここは辰五郎の弟分で岡っ引きの忠次《ちゅうじ》が営んでいるところだ。忠次は『一柳』の先代に見込まれ、婿に入った。それでも、我儘《わがまま》言って、岡っ引きを続けている。店の者は旦那と呼んでいるが、他の者は親分と呼んでいる。

店は暖簾《のれん》も掛けられておらず、辰五郎は裏から回り、勝手口を開けて入った。

ちょうど、辰吉がいた。朝と夕には忠次が辰吉たち手下を集めて、色々指示しているらしい。

「親父《おやじ》、何かあったのか」

辰吉が驚いたようにきいた。

「小鈴師匠のところに用があって来たんだ」

「珍しいな」

「それより、忠次は？」

「奥だよ」

辰五郎は廊下を進み、一番奥の部屋の前に立った。襖《ふすま》は開いていて、忠次が長火鉢の前で片手に銀煙管《ぎんぎせる》を持っていた。火皿に灰が溜《た》まっておらず、まだ莨《たばこ》を詰めたばかりのようであった。

忠次は気配に気づいたのか、こっちを向き、

「親分」

と、腰を浮かした。

「そのままで」

辰五郎は手で押さえるような仕草をして、長火鉢を挟んで向かいに座った。

「何か飲みますか」

忠次がきいた。

「いや、小鈴師匠の稽古が終わるまで待つだけだから構わないでいい」

「そうですか」

忠次は銀煙管を体の後ろに持って行った。

「そういや、二十年前、お前はまだこの道に入っていなかったな」

辰五郎は何となしにきいた。

「ええ、あっしは町内でやんちゃしてました」

忠次が少し恥ずかしそうな顔をした。

「お前の家はどこだったっけ」

「浅草の阿部川町《あべかわちょう》の裏長屋です」

「そうだった」

辰五郎は思い出した。忠次は札付きの者たちとしょっちゅう喧嘩ばかりしていたところ、辰五郎が手下に向いていると思い、忠次が十八の時に捕り物の道に引きずり込んだ。二十年前、ふたりはまだ出会ってもいない。

「阿部川町だと深川《ふかがわ》の方はわからないな」

辰五郎は呟《つぶや》いた。

「深川も時たま行くことがあったくらいですね。深川がどうかしたんですか?」

「実は捨て子だった男に本当の親を探して欲しいと頼まれたんだ。八幡さまの境内の脇に捨てられていたそうなんだ」

「捨て子と言っても、昔も今も沢山いますからね。それに、八幡さまの捨て子だって、そのひとだけじゃないでしょう」

忠次はそう言いながら、「あっ」と思い出したように、

「小鈴師匠が入船町に住んでいたそうですね。それで、親分、話を聞きに来たんですか」

「まあ、そんなところだ」

辰五郎は表情を曇らせた。

「親分、何か」

「俺の勘だが、ちょっと厄介な感じがする」

「じゃあ、あっしも手伝いましょうか」

忠次が優しい眼差しを向けた。いつも、辰五郎のことを気遣ってくれる。昔の兄貴分だからというわけでなく、そういう性格なのだ。

「お前は忙しいだろう」

辰五郎はやんわりと断った。

「辰吉を手伝わせても大丈夫です。いま探索しているものもないです」

忠次が首を横に振った。

「いや、平気だ。もうすぐ酉《とり》の市だ。何かしら揉《も》め事《ごと》があるだろう。それに備えておけ」

十一月五日が一の酉だ。今年は三の酉まである。

「ええ、わかりました」

そんな話をしていると、隣の三味線の音が止んだ。

辰五郎は腰を浮かせて、

「邪魔したな」

と、部屋を出た。


辰五郎は小鈴の家の裏庭に回った。行灯《あんどん》の明かりが点《つ》いた部屋で、小鈴が三味線の片付けをしているのが見える。もう弟子は帰ったようでひとりであった。

部屋の真ん中には、見台が向かい合うようにふたつ置いてあり、座布団は隅に積んであった。壁には三味線を入れる桐《きり》立箱が三つ並んである。

小鈴は振り返り際に辰五郎を見つけると、つんとしていた顔が緩んだ。

「おや、親分。珍しいね。倅《せがれ》のことを見に来たのかい」

「いや、お前さんに用があって来たんだ」

「私に？」

小鈴は首を傾《かし》げた。その仕草が妙に色っぽかった。

「入船町の時のことをききたいんだ」

「え、どうして急に」

「ちょっと頼まれたことがあって。二十年前に八幡さまで捨て子があったのを覚えているかい」

辰五郎は駄目元できいた。

その当時、小鈴は八歳のはずだ。

「捨て子……」

小鈴は昔の出来事を辿《たど》るように目を瞑《つぶ》った。

「覚えていないか」

「なんだかそんなこともあったような気がします。確か、捨て子の親をきき回っていた男の人がいましたっけ」

「誰も知らなかったのかい」

「わからなかったんですが、ちょうどその時期に近くに住んでいた妾《めかけ》らしい女の人がいなくなっていて、その妾には赤子がいたので、もしかしたらその子じゃないかと私の父が言っていたけど」

「何ていう名前の女だ」

「さあ、近所と全く関《かか》わりがなくて」

小鈴が首を横に振った。

「じゃあ、その女は誰の妾だったんだい」

「それもわからないんですよ。その旦那は昼間に来るわけではなかったし、こそこそと来ていましたから。堅気じゃなさそうな雰囲気でした」

「あの辺りに妾を持っていそうな奴《やつ》か……」

辰五郎は思い出そうとした。やくざで入船町に妾を持っている奴もいただろう。しかし、自分の縄張りだった日本橋界隈《かいわい》のやくざの親分しかわからない。

「これを知っているかい」

辰五郎は懐に手を入れて、腰掛け猿の根付を取り出した。

小鈴は顔を近づけた。

「これは里美吉朝の物じゃないですか」

小鈴が、はっとした顔をした。

「そうだ。よく知っているな」

辰五郎は驚いた。

「父が親しくしていて、我が家にもいくつか吉朝作があったんです」

「お前さんのお父《とっ》つあんが？」

たしか、小鈴の父は宮大工の棟梁《とうりょう》で、富岡八幡宮や永代寺《えいたいじ》なども手掛けたことがあると言っていた。

「でも、これが何か捨て子と関係あるのですか？」

小鈴が不思議そうに首を傾げた。

「捨て子が持っていたんだ」

辰五郎は言った。

「へえ、こんな物をね……」

小鈴が感心するように語尾を上げて言った。

「やはり、珍しいものなんだな」

「ええ。吉朝の作品は死んでからは世に出回りましたけど、生前は一部の好事家《こうずか》にしか知られていないくらいでした。というのも、吉朝は金をいくら積んでも仕事を受け合いません。ただ、作るとなればいくら値が安くても作ったんです。だから、これを持っているとなれば、捨て子の親はきっと吉朝と関係があったものじゃないでしょうか」

小鈴が辰五郎の目を改めて見た。

「吉朝には女房や子どもはいなかったのか?」

辰五郎はきいた。

「ええ、いません」

小鈴は首を横に振った。

「天涯《てんがい》孤独か……」

「でも、親しくしていた女の人はいたそうですよ」

「え? 誰だい」

「お良《りよう》さんという辰巳《たつみ》芸者ですよ。私も可愛《かわい》がっていただきました。ただ、今も生きているかどうか。全く便りがありませんので」

「生きていたらいくつくらいなんだい」

「えーと、吉朝が死んだ十五年くらい前に六十近くでしたから……」

「なるほど。でも訪ねてみる価値はありそうだ。住まいはどこなんだい」

「深川松井町《まついちよう》一丁目です。ちょうど、松井橋の袂《たもと》にある一軒家です」

小鈴は答えた。

それから、色々なことを思い出してもらったが、小鈴が知っているのはとりあえずこのくらいだった。

辰五郎は礼を言って、小鈴の家を去った。

家に帰り居間に向かうと、凜が夕飯の支度をして待っていた。部屋の中には魚を焼いた匂《にお》いが漂っていた。

十七歳でまだまだ子どもだが、この頃やけに顔立ちがはっきりしてきて、大人びてきた気がする。

「お帰りなさい。師匠のところに行っていたんだって？」

凜がおひつからご飯を茶碗《ちゃわん》によそりながらきいた。

「ああ、ちょっとな」

辰五郎は胡坐《あぐら》をかいて座った。

「何かあったのかしら？」

凜がふたり分ご飯をよそって、焼き魚を出しながら首を傾げた。

ふたりは手を合わせて、「頂きます」と言ってから食べ始めた。

「少し頼まれたことがあって、師匠が知っているかもしれないと思って」

「何かわかった？」

「直にわかるだろう」

「お父つあんはお人好《ひとよ》しだから大変ね」

凜が冗談めかしてため息をついた。

「お人好し？　俺が？」

辰五郎は右手の人差し指で自分を指した。

「そうよ。いつも頼まれごとばっかりで」

「慕われているだけ有難い」

「それはそうだけど」

凜は少し不服そうな顔をした。凜にしてみれば、慕われているのは悪いことではないけれど、そのために家族と過ごす時を減らしてきた辰五郎にどことなく不満があるのだろう。妻が死んだ時も下手人を追っていて、死に目にあえなかった。そのことで、凜や辰吉に批難をされた。

「そんな大変な頼み事じゃないから」

辰五郎は安心させるように言った。

「それならいいけど」

凜は顔を明るく戻して、食事に箸《はし》をつけた。

辰五郎はあまり凜に心配かけないようにしようと胸に刻みながらご飯を平らげた。

二

翌日の昼九つ（正午）、辰五郎は深川松井町一丁目に向かおうと小名木川《おなぎがわ》に架かる萬年橋《まんねんばし》に差し掛かった。

橋を渡りかけた時、正面から見覚えのある五十過ぎの禿頭《とくとう》で小太り、白地の着物に太い黒の縞《しま》模様の袷《あわせ》を着た男が現れた。

日本橋箱崎町《はこざきちょう》の岡っ引きの繁蔵《しげぞう》だ。

強引な探索や、何かやましいことがある人間に黙って見逃すからと言って金を巻き上げるという男である。

定町廻り《じょうまちまわ》同心、赤塚新左衛門《あかつかしんざえもん》の下で働いている。辰五郎も現役の時には、繁蔵と一緒に動き回っていたが、意見が合わなくて何度も対立をした。しかし、どういう訳かわからないが赤塚は繁蔵に強く出ることが出来なかった。それは今の赤塚新左衛門義光《よしみつ》もそうだが、赤塚の父親光成《みつなり》もそうだった。

辰五郎は繁蔵を無視しようとした。

しかし、繁蔵がわざと行く手を阻《はば》むように立ちふさがった。

「なんだ」

辰五郎は冷たい声で言った。

「久しぶりに会ったのに、挨拶《あいさつ》もねえのか」

繁蔵は苦笑いした。

「急いでいるんだ」

「お前の倅の辰吉はよく働いているみたいだが、注意した方がいい。出しゃばりすぎだ。忠次もそうだがな」

繁蔵は厭味《いやみ》ったらしく言った。

半年ほど前、忠次と辰吉が請け負った事件で、繁蔵の親しい岡っ引きの太之助《たのすけ》の不正が暴かれた。繁蔵は赤塚に取り入って、不祥事をなかったことにしたが、そのことを言っているのだろうと捉《とら》えた。

「お前さんが変なことしなければいいだけの話だ」

辰五郎はそう言い放って、繁蔵の横を通り抜けた。

繁蔵は後ろから何か言っていたが、辰五郎は聞く耳を持たなかった。

萬年橋を渡り、六間堀《ろっけんぼり》沿いに進んだ。竪川《たてかわ》にぶつかる手前の橋で立ち止まった。

ここが松井橋だ。

橋を背にして、右手の一番手前に古びた一軒家が見えた。左手は武家の小さな屋敷が並んでいる。

辰五郎は自身番に向かった。

三十代から四十代くらいの男が五人座って話しているのが窓から見えた。家主がひとり、店番がふたり、そして雇人がふたりだ。

「ちょっと、いいかい」

辰五郎は窓越しに話しかけた。

「辰五郎親分！」

一番年上の男が驚いたように言うと、他の者も背筋を伸ばした。辰五郎はこの者たちを知らなくても、向こうは知っている。まだ岡っ引きだった頃の名残《なごり》だ。それだけ、慕ってくる者が多かった。

「あそこにお良さんっていう姐《ねえ》さんが住んでいるかい」

辰五郎はきいた。

「ええ、住んでいるのですが、ちょっと体も弱っていまして、あまり丈夫ではなさそうです」

年上の男が顔をしかめて言った。

「お良さんだけなのかい」

「いえ、親戚《しんせき》の方が時たま来ているそうです。十日にいっぺんくらいですけど」

「そうか」

辰五郎はひとまず手掛かりが摑《つか》めると思い、一軒家に向かった。

家はよく見ると傾いており、瓦《かわら》などの手入れも怠っているような感じだった。表戸は閉まっていた。

辰五郎は戸を叩《たた》いたが、中から返事も聞こえてこない。

裏から回ると、勝手口が開いていた。

辰五郎は勝手口の戸を叩き、

「お良さん」

と、声を掛けた。

奥から物音が聞こえてきた。しばらくすると、廊下の軋《きし》む音が聞こえてきて、痩《や》せた白髪の老婆が現れた。見かけはやつれているが、細い目の奥の輝きは失っておらず、凛《りん》としていた。

「あなたは？」

お良が尋ねた。年の割に、はきはきとした綺《き》麗《れい》な声だった。

「大富町の『日野屋』の主人で辰五郎と申します」

と、辰五郎は名乗った。

「大富町の辰五郎さん、どこかで聞いたことのあるような……。あっ、岡っ引きの」

お良は思い出したように声を上げた。

「もう岡っ引きは辞めたんですが、ちょっと調べていることがありまして」

「調べていること？」

「これに関することです」

辰五郎は懐《ふところ》から腰掛け猿を取り出して見せた。

「どうして、私のところに来たんですか？」

お良は驚いているようであった。

「通油町の小鈴さんから聞きました。ほら、長唄の」

辰五郎が思い出させるように言った。

「ああ、小鈴ちゃんか。そうか、あの子は私と吉朝さんとの仲を知っていたんだね」

お良は苦笑いし、

「まあ、上がっておくれ」

と、辰五郎を招いた。

ふたりは台所を通って、廊下の突き当りの部屋に入った。

部屋の端には桐簞笥《きりだんす》が二つあったが、それでも収まりきらないのか、衣紋《えもん》掛《か》けに着物が掛けてあったり、たとう紙に包まれた着物が積んであったりした。

「昔、使っていたものを整理しているんだ。もう使わないがね」

お良はそう言いながら火鉢の奥に腰を下ろした。

辰五郎は向かい合うようにして座った。

「腰掛け猿だね」

お良は言った。

「ええ、そうなんです」

と、今太郎の話をしてから、

「吉朝さんは知っているひとにしか作らなかったそうなので、これを誰に渡したのか知りたくて」

「たしかに、頑固だったからね。でも、全く知らない人にも作ったりしていたよ。もちろん、滅多にあることじゃないがね。何度も何度も足を運んでくる人なんかには押されてしまうような人でね」

お良は懐かしむように口元に笑みを浮かべた。どことなく目が生き生きと輝いていた。

「腰掛け猿はどうだったか覚えています?」

辰五郎はきいた。

「吉朝さんは腰掛け猿を三つ作ったことがあるんだよ。ひとつは私が持っていて、もうひとつは小鈴ちゃんの親父さん。そして、もうひとつは……、たしか今川町《いまがわちょう》に住んでいた『飛騨屋《ひだや》』という材木問屋の若旦那でしたね。何でも気に入った芸者が吉朝さんの根付が好きだったみたいで何度も頼みに来ていましたよ」

「当時、若旦那ということはもう今は店を継いでいるかもしれませんね」

辰五郎は呟いた。

「『飛騨屋』の若旦那は確か、八兵衛《はちべえ》さんと言ったかな。訪ねてみるといい」

「わかりました。助かります」

「いや、役に立てればいいがね。いつでも、遠慮なく話を聞きに来なさい」

「はい」

「ちょっと外まで送って行こう」

「いえ、大丈夫です」

「どうせ年寄りで何もすることないんだ」

辰五郎はお良に見送られて家を出ると、今川町に足を向けた。

今川町は、元禄《げんろく》の頃までは木置場であった元木場町《もときばまち》二十一ヶ町のひとつで、今は埋め立てられて町家となっている。

北は仙台堀《せんだいぼり》に面しており、堀沿いに『飛騨屋』という相撲文字《すもう》のような字で書かれた看板が掲げてあった。

辰五郎が店に入ると、番頭のような男が帳場から笑顔を見せた。

「旦那はいらっしゃいますか。大富町の辰五郎と申します」

「はい、奥におります。どうぞ」

名乗っただけで、相手は辰五郎が誰かわかったようで、旦那に引き継がないでも奥に通してくれた。

店の間の奥の客間で、辰五郎が待っていると、すぐに背が高くて、落ち着いた感じの五十年輩の男が入って来た。

「これは辰五郎親分、お初にお目にかかります。この店の主《あるじ》の八兵衛と申します」

丁寧に頭を下げて挨拶をされた。

「松井町のお良さんのところから参りました」

「お良さん？」

八兵衛は首を傾げ、誰だろうと考えているようだった。

「里美吉朝さんの」

と、辰五郎が言った。

「あ、吉朝先生と一緒に暮らしていた方ですか」

「そうです」

「もし、吉朝先生の物を探し回っているようでしたら、私の手元にはありません」

「どういうことですか？」

「実は二十年以上前に根付を掏摸《すり》に取られてしまいまして」

辰五郎はきいた。

「どこに行ったかわからないんですか」

「ええ」

八兵衛は残念そうに顔を俯《うつむ》けた。

「もしや、これではありませんか」

辰五郎が腰掛け猿を懐から取り出して見せた。

八兵衛が驚いたような顔をして、

「これをどうして？」

「実はある捨て子のことで調べていまして」

と、今太郎のことを話した。

「では、もしかしてその親が掏摸で……。いや、そんなんじゃない。掏摸がこの根付を子どもに託すとは思えない。質屋に流れて、誰かが手に入れたものかもしれませんね」

八兵衛は色々と考えを巡らせているようであった。

「ちなみに、どちらで掏《す》られたんですか」

辰五郎がきいた。

「酉の市に行った時です。あの日ばかりは、吉原《よしわら》は門を開けているので、誰でも入れるようになって人も増えますから、用心していたんです。でも、掏られてしまいました。人混みでは付けて行くのを避ければよかったと後悔してもしきれなかったのを覚えています」

「酉の市で掏摸か。あの辺りだと……」

辰五郎の頭にある掏摸が思い浮かんだ。

数刻後、辰五郎は下谷龍泉寺町《したやりゅうせんじまち》の一角にいた。

この辺りは紅葉で有名な正燈寺《しょうとうじ》や、酉の市が開かれる鳳《おおとり》神社などがあり、貸座敷や料理屋なども多かった。また、土地柄もあり、熊手《くまで》作りの職人も多く住んでいる。

大垣《おおがき》藩戸《と》田《だ》采女守《うねめのかみ》下屋敷の堀が見渡せる大音寺《だいおんじ》の隣にある大きな土蔵造りの一軒家の門をくぐった。玄関まで庭の飛び石が二十ほど続く。

辰五郎が飛び石の上を歩いて、玄関の戸を叩いた。

「へい」

すぐに出てきたのは、まだ十七、八の顎《あご》がしゃくれて、目つきの悪い男だった。辰五郎を見てぶっきら棒に用件をきいてきた。

「伊助《いすけ》はいるかい」

辰五郎は優しい口調できいた。

「いますけど、あんたは誰なんだい」

「大富町の辰五郎って言えばわかる」

「そうですか」

男は詰まらなそうな顔をしながら奥に下がって行った。

やがて、廊下から足音が二つ聞こえてきた。

さっきの男と共に現れたのは、五十近くで背が低く、片目に眼帯をしている意固地そうな顔の男だ。

『里《さと》の伊助』と謳《うた》われる掏摸で鳴らした男である。見かけによらず礼儀正しくて、優しいところがある。

伊助は吉原遊郭や鳳神社を縄張りとしている。町人からだけではなく、武士や時には大名からも大胆な手口で掏摸を働くことで悪名高い。

辰五郎は現役の時には、こっちの地域は縄張りが違っていたが、追っている下手人がよく吉原の方にも逃げたので、伊助とは何度も顔を合わせて話をきいたことがある。それ以外にも、顔を合わせる度に暇があれば腰を掛けて話したりと相性がよかった。

しかし、伊助と会うのも五年ぶりくらいだ。

「こりゃ珍しい、親分じゃありませんか。今日は一体何のご用で」

伊助が警戒と悦《よろこ》びが混じったような表情を見せた。

「二十年くらい前の話をききに来たんだ」

辰五郎は切り出した。

「そんな昔のこと覚えていませんよ」

伊助は苦笑いして答えたが、

「これだよ」

と、辰五郎は腰掛け猿を見せた。

「ん？」

一瞬、伊助の顔が変わった。

「知っているのかい」

「いや」

「もう昔のことだ。それで咎《とが》めようってわけじゃねえ」

辰五郎は促すように言った。

「さあ、わかりませんね」

伊助は惚《とぼ》けた。昔似たようなことを繁蔵に言われて白状した後で縄を掛けられたことがある。

警戒するのも当然だった。

「俺はいま捕り物をしてねえ。それに続けていたとしても、繁蔵とはやり口が違うよ」

辰五郎は伊助の目を見て言った。

伊助は目を逸《そ》らさなかった。

それから、しばらく目を瞑って考えるようにしてから頷《うなず》いた。

「たしかに、親分はそんなことはしねえな」

と、言いながら、辰五郎の手にある腰掛け猿を素早い手つきで取った。なにも、熟練の手業を見せつけているわけではなさそうだが、身に染《し》みついているので自然とそうなってしまうのだろう。

「これはあっしが掏ったものです」

伊助はようやく認めた。

「それで、どこの質屋に売ったんだ」

「いえ、これはあっしで捌《さば》きました」

「お前が？」

「ええ、普段はそんなことしませんが、たまたま知り合いの女に見せたら欲しいって言うんで」

「何ていう女だ」

「小雪《こゆき》です」

「いくらで売ったんだい」

「いえ、ただであげました」

「なに」

辰五郎は声を上げてから、伊助の照れたような顔を見て納得した。

「惚《ほ》れていたんだな」

「ええ、でも、他人のものでした」

伊助は苦笑いした。

「誰の女だったんだ」

「本郷《ほんごう》一家の鉄太郎《てつたろう》の女ですよ」

本郷一家とはかつて存在した博徒の組で、日本橋小網町《こあみちょう》界隈が縄張りであった。しかし、二十年くらい前に鉄太郎が殺されたことで一家は解散している。

当時、辰五郎は鉄太郎が誰に殺されたか調べていた。本郷一家は他の賭場《とば》を荒らすことで有名で、色々と恨む者が多かった。ただ、辰五郎はそのうちに捕まえることが出来ると確信していた。しかし、ある時同心の赤塚新左衛門から訳も告げられずに探索を止めるように指示された。辰五郎は反発したが、赤塚新左衛門から止めてくれと頼み込まれた。それで、もっと調べたい気持ちを抑えて、その件から手を引いた。

未《いま》だに鉄太郎が誰に殺されたかわかっていない。

たしかに、鉄太郎を調べている時に妾がいることは聞いていた。入船町で突然いなくなった女も小雪なのだろうか。

「お前さんは小雪がいまどうしているか知っているかい」

「いえ、まったくです」

伊助は首を横に振った。

「じゃあ、本郷一家だった者の居場所は？」

「鉄太郎の右腕だった小次郎《こじろう》が足を洗って、他の商売をしているというのは聞きましたが、他の者はわかりません」

「小次郎に話をきくのが一番いい。どこで何の商売をしているんだ」

「でも、親分があいつのところを訪ねて行くと、奴は警戒しますぜ」

「お前みたいに？」

「あっし以上にです。もう堅気になって、随分と慕われているみたいですから」

「大丈夫だ。俺も野暮な真似《まね》はしねえ」

「そうですか……」

伊助は考えた挙句、

「これは他の岡っ引きの親分たちも知らないことだと思います。だから、言わないでくださいよ」

「ああ、わかっている」

辰五郎はうんざりしながら頷いた。

「下谷町二丁目で『一善堂《いちぜんどう》』という仏具屋を営んでいます」

伊助はようやく教えてくれたが、

「あっしが教えたということは内緒にしておいてくださいよ」

と、念を押していた。

「わかった」

辰五郎は伊助の家を出て、下谷町二丁目に足を向けた。

龍泉寺町から下谷町二丁目まではそれほど離れていない。戸田采女守の屋敷を表の方に回ると寛永寺《かんえいじ》が左手に裏から見える。その方へ道なりに進むとしばらくは町家があり、それから寺々になる。そこを通ってまた町家が見えてくると下谷町二丁目である。

『一善堂』という仏具屋はすぐに見つかった。それほど大きな店ではなかったが、立派な構えをしていた。

辰五郎は店に入った。

仏壇が奥にずらっと並んでおり、店の出入り口付近には線香や蠟燭《ろうそく》が置いてあった。

「すみません」

辰五郎が声を掛けると、奥から返事がして四角く顎の突き出た顔をした白髪交じりの男が出てきた。

穏やかな表情に変わっているが、紛れもなく小次郎であった。

「あっ」

向こうは辰五郎を見て気まずそうな顔をしながらも、

「親分、どうも御無沙汰《ごぶさた》しております」

と、頭を下げて挨拶をした。

辰五郎は小次郎のことを思い出していた。

二十年前というと、辰五郎より五歳くらい年上だったので二十代後半だったはずだ。当時から老け顔だったので風格があり、いかにもやくざ風情《ふぜい》が染みついていた。今とは雰囲気が全く違う。

「今ちょっといいかい？」

辰五郎が安堵《あんど》させるように軽い口ぶりできいた。

「ええ。どうしてここに？」

小次郎は不思議そうな顔をしている。

「昔のことでききたいことがあるんだ」

辰五郎は声を潜めた。

「奥に」

辰五郎は小次郎の後に従い、仏壇の間を通って客間に上がった。

客間は質素であるが、小綺麗にしてあった。他に店に誰もいる様子は見受けられなかった。

「今お茶を持ってきます」

「気を遣わないでくれ。それより、座ってくれ」

辰五郎は促した。

「そうですか」

と、小次郎は向かい合って座った。

「ひとりで切り盛りしているのか」

「いえ、女房と小僧がひとりいます。女房は赤子を産んだばかりで店に出てこられないのと、小僧は使いに行っているんです」

「なに、子ども？」

「ええ、この年で初めて子どもが出来まして」

「楽しみだな」

「ええ。年を取ってからの子なんで、親というより孫のような気もします」

小次郎の目つきが優しかった。

口調も柔らかく、見た目だけでなく中身も丸くなったのかと驚いた。

「女房と子どもには迷惑かけるなよ」

辰五郎は冗談混じりに言った。

「わかっています。女房は料理屋の女中をしていた、自分よりずっと若い女なんですけど、あっしが昔ああいうことをしていたのを知らないんです。あえて言うつもりはないんですが、何かのことで知られなければいいなと思っています」

小次郎は参ったような顔をした。

「今さらお前を追うような者もいないし大丈夫だろう。繁蔵に言うようなことはねえから安心しな」

「助かります」

小次郎はほっとしたように、軽く頭を下げた。この男にとって、繁蔵は厄介だったに違いない。まだ繁蔵は手下だったが、本郷一家の親分鉄太郎が殺されてからすぐに岡っ引きになったのを今思い出した。

「それより、鉄太郎の妾だった小雪のことをきかせてくれ」

辰五郎は話を切り出した。

「姐さんのことを？」

小次郎の顔が曇った。

「今どこにいる？」

「さあ、わかりません」

「知らねえのか」

「え、ええ……」

小次郎は口ごもってから、首《こうべ》を垂れた。

何か隠している。

辰五郎の勘が働いた。

「さっきも言ったが蒸し返すつもりもねえ。実は俺は今太郎という若者に頼まれてその親を探しているんだ。今太郎はこんな物を持っていて、どうやら伊助が掏った物を小雪がもらったらしいんだ。小雪に話をきけば、何か手掛かりが摑めるかもしれねえと思ったんだ。お前さんに迷惑はかけねえから協力してくれ」

辰五郎は真剣な眼差しを向けた。

それから、少しの間があった。

「姐さんは死にました」

小次郎は、ぽつんと言った。

「いつ死んだんだ」

「だいぶ前に。もう昔のことですし、姐さんとはあまり関わりがなかったからわかりません」

小次郎が話を打ち切るように言った。

「小雪と関わりがある人も知らねえのか」

「はい。鉄太郎親分があぁなってしまったあとは、ほんの一年ばかりしかいなかったんですよ」

「そうか。そういや、鉄太郎は誰に殺されたんだ」

辰五郎はきくつもりではなかったが、ふと口にした。

「私にはわかりませんよ。親分の方が見当ついたんじゃないですか?」

「いや、俺も結局誰かわからなかったんだ。何せ鉄太郎を恨んでいたのはひとりやふたりじゃねえだろう」

「まあ、そうでしたね。でも、鉄太郎親分を殺したのはやくざではないでしょう」

「え?」

辰五郎は思わず目を見開いた。

「親分はやくざの仕業だと思ったんですか」

「まあな」

「あの死体を見ていなかったんですか」

小次郎は不思議そうにきいた。

死体……。

そういえば、辰五郎が駆け付けた時には何故《なぜ》か死体は片付けられて見ていなかった。すでに繁蔵が先にやって来て死体を検分したと言っていた。その時に、たしかになぜ死体を片付けてしまったのだろうと疑問に思ったのが蘇《よみがえ》ってきた。

「俺は死体を見てないんだ。一体、どうなっていたんだ」

辰五郎はきいた。

「酷《ひど》い仕打ちでした。全身に痣《あざ》がありました。でも、頭の後ろにこぶのような傷があったので、まず後ろから狙《ねら》われたのでしょう。それから必要以上に殴り殺したんだと思いますよ。喧嘩に慣れているやくざならそんな変な真似はするはずありません」

小次郎は暗い顔をした。

やくざ以外の者が殺したとなれば、誰なのだろう。やくざ以外からも恨まれていたはずであるが、そこまで恨みの激しい者はいたのだろうか。

店の入り口から「ただいま戻りました」という高い男の声が聞こえた。

「小僧が帰ってきました。親分、すみません。これ以上お力になれません」

小次郎が申し訳なさそうに頭を下げた。

辰五郎は小次郎が何か隠していると思いつつも、深くきいても教えてくれないだろうと思い、帰ることにした。

三

翌日、橘家圓馬が大富町の『日野屋』に訪ねてきた。相変わらず、猫背で愛想のない顔つきであった。

圓馬がここに来るのは珍しかった。圓馬はそれほど辰五郎と親しいわけではないが、つかずはなれずの関係を続けてきた。

「師匠、今太郎がここに来たよ」

辰五郎は一言目にそのことを伝えた。

「たまたま近くに来たんで、そのことで礼に来たんだ。厄介なことを申し訳ねえ」

圓馬がしけた顔を変えずに言った。

「いや、いいんだ」

辰五郎は答えた。

「何かわかったか」

圓馬がきいた。

「どうやら本郷一家の鉄太郎の妾で小雪っていう女が絡んでいるようなんだ」

「小雪？」

圓馬が片眉《かたまゆ》をあげた。

「知っているのか」

「よく寄席《よせ》に来てくれていた。ある時、急に姿を消したんだ。鉄太郎に殺されたという噂《うわさ》もあったがな」

「なに、殺された？」

「ただの噂話だ。小雪がいなくなる直前に、俺が小雪の家の前を通りかかったら悲鳴が聞こえて来たんだ。それからすぐに鉄太郎が出てきた。その話が誇張されて、鉄太郎が殺したということにされてしまったんだろう」

圓馬は苦笑いした。

「でも、それは本当なのか」

辰五郎は真面目《まじめ》にきいた。

「もちろん」

圓馬が頷いた。

鉄太郎と小雪が喧嘩したということは、鉄太郎を探索する時に聞いていなかった。場合によっては小雪が鉄太郎に何らかの恨みがあって、殺すために姿を晦《くら》ましたということも考えられなくはない。

小次郎が死んだと言ったのが思い起こされた。

「師匠、殺されたという噂について詳しくきかせてくれ」

「死んだところを見たっていう奴はいなかったし、皆姿が見えないからそう思って言っただけだ」

圓馬は思い出すように上目遣いで言った。

小次郎は死んだと言っていただけで殺されたとは言っていなかった。小次郎にもう一度きいてみる必要があると思った。

「小雪はいつもひとりで寄席に来ていたのかい」

「そうだな。だいたいひとりだったが、たまには誰か連れて来ていたな」

「誰なんだ」

「さあ、小雪よりも二回りくらい上の女だった。もしかしたら、小雪の身の回りの世話をしていた人なのかもしれねえ」

「その人の名前は憶《おぼ》えていないか」

「えー、何だっけな」

圓馬は顎に手を遣《や》った。

「そうだ、俺の思い違いでなければ、箱崎町一丁目に住んでいたはずだ」

「箱崎町一丁目だな」

辰五郎は確かめるように繰り返した。

箱崎町というと、岡っ引きの繁蔵の住まいがある。気を付けなければ、何か探っているのではと変に疑われて嫌がらせをされかねない。

「他に何か知っていることはないか」

「あ、そういやその女も小雪がいなくなってからすぐにいなくなったんだ」

圓馬がぽつんと言った。

江戸を離れたのか、それとも死んでいるのか。辰五郎は全《すべ》てのことが繋《つな》がっているような気さえもした。

圓馬が帰ってから、辰五郎は下谷町二丁目の『一善堂』に向かった。

冬の陽が弱々しく、雲の切れ間から注いでいた。

昨日来た時にはなかった「売約済み」という紙の札が仏壇に貼《は》られていた。仏具屋というのはそれほど客が入らなくても寺が多ければ仏具がよく売れるのだろう。

「親分、まだ何か？」

と、小次郎は困ったような顔をした。

「すまねえ。昨日、きいていなかったことがあったんだ」

辰五郎は下手《したて》に出ながら、

「小雪の身の回りの世話をしていた人がいたようだな」

と、切り出した。

小次郎は顔をしかめて答えにくそうにした。

やはり、小次郎は何か隠していると確信した。

「小次郎、そんな昔のこと隠す必要がないじゃねえか」

辰五郎は柔らかい口調でありながら、顔を正面から直射するように見た。

「身の回りの世話をしていた女は故郷の鶴岡《つるおか》に帰りましたよ」

「もう小雪がいなくなったからか」

「ええ」

「鉄太郎が小雪のために雇っていた女なんだな」

「そうです」

小次郎は小さく答えた。

「小雪が殺されたっていう噂もあるらしいじゃねえか」

「え！　誰がそんなことを」

小次郎は目を剝《む》いていた。

「ちょっと耳にしたんだ」

辰五郎は圓馬の名は伏せておいた。

「姐さんが殺されたなんてことはありませんよ」

小次郎は慌てて否定した。その慌てぶりがどことなく、不審に思えた。

「ただの噂だが、火のない所に煙は立たぬって言うだろう。鉄太郎と小雪は喧嘩していたそうだな」

「まあ……」

「どんなことで喧嘩していたんだ」

「……」

小次郎は答えない。

「もしや、子どものことで喧嘩になったんじゃねえのか」

辰五郎はきいた。

鉄太郎との間に子どもが出来て、そのことで揉めたのではないかと思った。その子どもが今太郎で、鉄太郎が認めてくれないから富岡八幡宮に捨てたのだろうか。

「どうなんだ」

辰五郎は促した。

「子どものこともどうして知っているんですか」

小次郎が恐る恐るきいた。

「子どもはどこにいるんだ」

辰五郎は小次郎の問いには答えずにきいた。

「さあ」

小次郎が首を傾げた。

「知っているんだろう」

辰五郎が強く言った。

「いえ、本当に知らないんです。私はその子を見たことがないんです。というより、鉄太郎親分は見せてくれなかったんです」

「見せてくれなかった？　認めていなかったからじゃねえのか」

辰五郎が口にした。

「ええ……」

小次郎は頷いた。

「鉄太郎も小雪も両方死んだとなれば、その子は誰が引き取ったんだ」

辰五郎はきいた。

「……」

「捨て子にしたんじゃねえのか」

辰五郎は、鋭い目を向けた。

「親分、私は本当にそこまで知らないんです。というのも、私はその時、鉄太郎親分に嫌われていたんです。もう本郷一家から抜けようかと思っていたくらいです。だから、大して知らないんです」

「本当か？」

本郷一家に小次郎ありと言われたくらいなのに、そういうことになっていたとは聞いたことがなかった。

「本当です。だから、鉄太郎親分が殺されたあと、私と親分がそういう間柄になっているのを周りは知っていましたから、子分たちをまとめることが出来ずに本郷一家は潰《つぶ》れてしまったんです」

「なるほど」

筋は通っている気がする。小次郎くらいであれば、本郷一家を継ぐことが出来たはずだった。

「いえ、私だけではないです。あの頃、子分たちの間で鉄太郎親分を慕う者は少なかったんです。だからと言って、私も慕われているわけではなかったんですけど」

「でも、どうしてそれなら隠していたんだ」

「……」

「まだ隠していることがあるな？」

辰五郎は疑った。

小次郎が唇を震わせていた。

辰五郎は小次郎を見つめ続けた。

「他にも堅気になっている奴がいて、そいつに迷惑が掛かると思ったんです」

小次郎が苦しそうに言った。

「そいつは誰だ」

「もう昔のことで咎められることはないですよね」

「ない」

辰五郎は言い切った。

「長次《ちょうじ》というあの頃十六、七の男です。気立ての良い奴で、鉄太郎親分が気に入っていたんです」

「そいつはどこにいるんだ」

「わかりません」

「そうか」

辰五郎は考えを巡らせていた。

やはり、小雪は殺されたのではないか。それが、鉄太郎が殺される原因では……。

いずれにしても、今太郎の親は小雪と鉄太郎だと思われる。

辰五郎はこのことを今太郎に話すべきなのかどうか迷った。まさか、自分の親がふたりとも殺されているとは思ってもいないはずだ。覚えのない親でも、嫌な気分になるのは変わらないだろう。

「他に隠していたことはないのか」

　辰五郎はきいた。

「ありません」

「本当か？　鉄太郎を誰が殺したのか知らないのか」

「知りませんよ。私だって本郷一家の子分たちから疑われていたくらいなんです」

「お前が疑われていた？」

「ええ、さっき言ったように仲がそれほどよくなかったので、私をよく思っていない者が一家を乗っ取るために殺したと根も葉もないことを言っていましたよ」

　小次郎がため息をつき、

「とにかく、親分が持ってきた根付は掏った物を小雪姐さんがもらったのかもしれません。八幡宮の捨て子はあのふたりの子かもしれません。ただ、それを本人に伝えるのは気の毒ですよ。ずっと隠しておいた方がいいです。私の身を守るために言うわけではありませんが」

四

翌日の昼過ぎ、『日野屋』に今太郎が訪ねてきた。

「親分、何かわかりましたか」

「まだ確かではないがな……」

辰五郎は後を濁して、

「お前さんはどうしても親が知りたいかい」

と、優しい口調できいた。

「ええ」

今太郎は力強く頷いた。

「後悔しないか」

「しません。何も知らない方が後悔するでしょう」

「なら話すが覚悟して聞いてくれ」

「はい」

今太郎は表情を引き締めた。

辰五郎は一呼吸置いてから、

「お前さんの親は本郷一家の鉄太郎と、その妾の小雪のような気がする」

「今私の親はどうしているんですか」

「殺された」

「えっ」

今太郎が声を上げた。

「小雪は恐らく鉄太郎に殺され、鉄太郎は誰に殺されたかわかっていない」

辰五郎は淡々と説明した。小雪が殺されたとははっきりしているわけではないが、辰五郎はそうに違いないと思っている。

「……」

今太郎はあまりの衝撃で声が出ないようであった。

「でも、本当の親が誰であれ、お前さんの親は育ててくれたふたりだ」

「ですが……」

今太郎はどこか納得できないような顔をして俯いている。障子から入ってくる冬の光の中に、今太郎は目を細めた。

辰五郎は今太郎が話し出すのを待った。

「鉄太郎殺しについてもっと詳しく知りたいのですけど」

今太郎が頼み込んできた。

「えっ、知りたいのか」

辰五郎がきいた。

「はい」

今太郎は強く頷いた。

「知ってもいいことはない。それに謎《なぞ》に包まれているんだ」

「それでもいいです。そんなことを聞いた今ではもう気になって仕方がありません」

今太郎は語気を強めた。

辰五郎は余計なことを言ってしまったかと思ったが、もうここまで言ってしまったので引き返せない。

「鉄太郎を殺したのは未だに誰だかわかっていないのだが」

と、色々なひとから恨まれていたことや、急に探索が打ち切られたこと、さらには小次郎という右腕と険悪だったことなども話した。

「急に探索が打ち切られるなんておかしいですね」

今太郎は納得できないように首を傾げた。

それから、考え込むように手を顎に遣った。

「気になります」

今太郎は目を光らせた。

「でも、今さら調べようがない」

「そうですか……」

今太郎はそう言いながらも、何か言いたげであった。もしかしたら、調べようと思っているのかもしれない。

「本郷一家と言いましたね」

「ああ」

「親分にもうひとつお願いがございます。鉄太郎殺しについて調べたいのですが、手伝っていただけませんでしょうか」

今太郎は頭を下げた。

「それは無理だ」

辰五郎は首を横に振った。

「お願いです。全てを親分に頼むわけじゃないんです」

「それでも、そんな昔のことを調べようと思っても、端《はな》から出来ないとわかっている。あの時でさえわからなかったんだ」

「でも、あの時に出来なかったのが、今だからこそ出来るということだってあるじゃないですか。例えば、鉄太郎殺しが急に探索中止になったのは、上からの圧力があったということだって考えられますよね。今になれば、そんなこと気にしないのではないですか」

　今太郎は早口で言った。

「仮にお前さんの言う通りだとして、まだ二十年しか経《た》っていない。関係しているひとたちが生きている以上、これを調べるのは難しいぞ」

　辰五郎は厳しい口調で言った。

　今太郎は辰五郎を窺《うかが》うような目で見て、

「わかりました。あっしひとりで調べてみます。もし、旦那の力が必要になったら、また相談させてください」

と、部屋を出て行った。

　夕飯時、辰五郎と凜は食卓を囲んで寄せ鍋《なべ》をつついていた。湯気で凜の顔が時おり隠れる。

　いつもなら、凜が色々と他愛のないことを話しかけてくるが、今日は辰五郎の様子を窺っていた。

「何かあったのか」

辰五郎が鍋の具をつつきながらきいた。

「お父つあんこそ何があったの」

「え？」

「今日は何やら考えこんじゃって変よ」

凜は箸を止めた。

「いや、何かあったというわけではないが」

「この間頼まれたことで何かあったの？」

凜が心配そうにきいた。

「まあ……」

辰五郎は母親に怒られる子どものようにしゅんとして答えた。

凜がため息混じりに、

「で、今回はどんな相談なの？」

と、きいてきた。

「捨て子だった男が、親を探して欲しいって言ってきたんだ。もう親と思わしき者を見つけたんだが、ちょっと複雑で」

と、今太郎が訪ねてきてから、今までの経緯《いきさつ》を話した。

「今太郎さんは父親の殺しのことについて調べるって言っているのね」

「そうだ」

「でも、そんな昔のことでしょう？　調べようもないじゃない」

凜が呆《あき》れたように言った。

「俺もそう言ったんだ。だけど、向こうは引き下がらなくて、ひとりで調べるからもしまた何か手助けして欲しい時には相談しに来るって帰って行った」

「危なくないの？」

凜が不安そうな顔をした。

女の勘というのだろうか、根拠もないがよく当たることがある。辰五郎もそれを言われてどきっとした。

「危ないってどういうことだ」

辰五郎はきき返した。

「だって、赤塚の旦那がもう手を引けと言ったことなんでしょう。どうしてなの？」

「たしかにな」

赤塚新左衛門光成は当代よりもさらに正義感が強かった。探索を止めさせるには余程の訳があるはずだ。

「お父つあんはもう引退しているんだから、あまり関わらないで欲しいの。もし万が一のことがあったら」

凜は暗い顔をした。

「わかってる。どうせ、今太郎も何も摑めずにすぐに諦《あきら》めざるを得なくなるだろう」

辰五郎は安心させるように言った。

「ならいいけど」

凜はそう言って一呼吸置くと、再び箸を動かし始めた。

辰五郎も野菜を取って、口に入れた。

「そういえば、もうすぐお酉様ね。お父つあんも行くの？」

話題が切り替わった。

毎年十一月の酉の日に行われる浅草にある鳳神社の祭りのことである。他にも酉の市を開催する神社はあるが、辰五郎はいつもそこだ。

「行くつもりだ」

辰五郎は答えた。

「そう。小鈴師匠がお父つあんも行くかどうかきいてたの。もしよかったら一緒に行かない？」

「そうだな。他にも誰か行くのか」

「わからないけど、忠次親分と兄さんも誘おうと思って」

「あいつらはどうだろう。忙しいかもしれねえ。辰吉も最近はなかなか使い物になるようになってきたっていうからな」

辰五郎は誇らしい思いでいた。

五

翌日の朝五つ（午前八時）くらいだった。

辰吉はいつものように通油町の『一柳』を出た。

今日は他の手下が忠次と一緒に同心の赤塚新左衛門と見廻《みまわ》りに行くことになっていた。

辰吉はもうすぐ西の市があるし小遣いも稼ぎたいので、誰か用事を頼んでくれないかと思っていた。

ふと、小鈴の家の裏庭に回ってみた。

何かしら用を言づけてくれるだろうということと、小鈴と話せると思うと胸が高鳴った。

裏庭に面している部屋で、小鈴は三味線を持ちながらため息をついていた。

「師匠、おはようございます。朝から浮かない顔をしてどうしたんです」

辰吉は声を掛けた。

「あ、お前さんかい。ちょっと、三味線のばちが壊れてしまって、もう替えがないんだ。ちょうどよかった。『花田屋《はなだや》』さんでばちをふたつ買いに行ってくれないか」

小鈴が頼んだ。『花田屋』は日本橋高砂町《たかさごちょう》にある三味線や琴の道具を扱う店だ。

「お安いご用です」

「ちょっと待ってなよ」

小鈴は手文庫から一分を取り出して、辰吉に渡した。

「私がいつも買っているばちと言えばわかるからね」

「へい」

「お釣りは取って構わないから」

「ありがとうございます」

辰吉は頭を下げてから、

「師匠、酉の市は行かれるんですか」

と、きいた。

「凜ちゃんと行くよ」

小鈴は表情を変えずに答えた。

「じゃあ、俺も付いて行っていいですか？」

「別に構わないけど」

小鈴が言うと、辰吉の口元が自然と緩んだ。

「ここで待ち合わせします？」

「まあそうだね。それより、早く買いに行っておくれ」

「へい」

辰吉は浮かれた気分で小鈴の家を出た。

そのまま大川《おおかわ》の方に向かって新大坂町《しんおおさかちょう》、弥兵衛町《やへえちょう》、富沢町《とみざわちょう》を通り高砂町に辿《たど》り着いた。『花田屋』といえば、そこそこ大きな店で客足が絶えないそうだ。

店の土間に入ると、番頭が笑顔で出迎えてくれた。

「いつも小鈴師匠が買っているばちをふたつください」

「ああ、ちょっとお待ちを」

番頭はすぐに棚の上から三段目の引き出しを開けて、白い象牙《ぞうげ》のばちをふたつ取り出した。

「これだけかい」

「ええ」

辰吉は勘定を済ますと、ちょうど店の奥に四十代後半と思われる長身で堂々として威厳のある主人の伊三郎《いさぶろう》が見えた。

「おや、辰吉か」

伊三郎が笑顔で言った。

「どうも」

辰吉は頭を下げた。

「また小鈴師匠の使いかい？」

「そうなんです。それより、旦那は長唄の方はされていないんですか」

伊三郎は義太夫、清元《きよもと》、常磐津《ときわづ》など芸達者で、辰吉が粋《いき》だなと感心するような男であった。一度、『花田屋』に来た時に、奥で義太夫の稽古をしている声が聞こえてきたが、実にいい声であった。

「まったくだ」

伊三郎は笑って首を横に振った。

「あんないい声なのに、もったいない」

「それより、お前さんも何か習っておくが良い」

「でも、あっしは旦那のように器用じゃないですから」

「何言ってんだ。下手の横好きでも続ければそれなりになるもんだ。芸事のひとつやふたつ出来ないと女にもてないぞ」

伊三郎が冗談めかして言った。

「じゃあ、小鈴師匠に習いますかね」

辰吉が笑って返した。

「そうするがいい」

「じゃあ、そしたら旦那、どこか座敷でも連れて行ってください」

「うむ、ちゃんと上達したらな」

「へい、楽しみにしてます」

辰吉はそう言って、頭を下げて店を出てしばらく来た道を歩いた。

ふと、手元を見ると三味線のばちがない。

「あっ」

思わず声が出て、急いで引き返した。

土間に入ると、伊三郎が難しい顔をして番頭と話している。

「いや、私は知りません」

番頭が言い、

「おかしいな。もう一度確かめてみる」

と、伊三郎が首を捻った。

「あの……」

辰吉が声を掛けると、すぐにふたりは表情を柔らかくした。

「どうしたんだい」

伊三郎がきいた。

「ちょっとばちを忘れたみたいで」

「ばちを？」

「あ、そこです」

辰吉は上がり框《がまち》のところに置いてある紙に包まれている物を指した。すぐに番頭がそれを取って渡してくれた。

「それより、大丈夫ですか」

辰吉はふたりの顔を交互に見てきいた。

「ああ、ちょっと思い当たるところにあるはずの金がなくなっていたんだ。私の勘違いかもしれないから、もう一度他のところを探ってみるが」

伊三郎が納得のいかないような顔をして言った。

「もしかして、盗まれたんじゃ……」

辰吉が口にした。

最近、日本橋や神田《かんだ》界隈で店の金を盗まれることが多く発生している。どれも手口は一緒で、厠《かわや》を貸してくれと言って店に上がり、誰も見ていない隙《すき》に手文庫などから金を盗《と》る。

昔からある手口らしいが、ここのところそれが多いので、恐らく同じ人物の仕業に違いないと忠次は読んでいた。

「ちなみに、厠を使わせて欲しいと言って来た者はいませんでしたか」

辰吉がきいた。

「あっ」

番頭が声を上げた。

「いたのか」

伊三郎が番頭を覗き込むように見た。

「ええ、腹を下したみたいで厠を貸して欲しいっていう若い男がいました」

番頭が答えた。

「もっと詳しく教えてください」

辰吉が身を乗り出した。

「えーと、額が広く、耳が肉厚で、真ん丸い目をしてふくよかな顔の二十代半ばくらいの純朴そうな男だったような……」

番頭が眉の間に皺《しわ》をよせ、目を細めながら思い出すように言った。

「その男です！」

辰吉は思わず声を張った。

他の商家でも似たような特徴の男が同じ手口で厠を借りたあとに、金がなくなっている。

「ちょっと、あっしに任せていただけませんか。親分に伝えておきます」

「ああ、頼むよ」

伊三郎が不安そうな声で言った。

辰吉はばちを忘れないように手に持って、店を飛び出した。

第二章　約束

一

十一月五日、酉《とり》の日になった。

昼過ぎ、辰吉は小伝馬町《こでんまちょう》を過ぎた。ここ数日、ある男を探して歩きまわっている。

先日、高砂町の『花田屋』に入った盗人《ぬすっと》だ。

額が広く、耳が肉厚で、真ん丸い目に、ふくよかな顔の二十代半ばくらいの男だと番頭が言っていた。

最近、店が忙しい時に、厠《かわや》を使わせてもらう振りをして奥に行き、人のいない部屋に入り込んで手文庫から小判を盗《と》るという犯行が頻繁に起きていた。

いつも同じ手口である。

忠次はまとまった金が必要なのかもしれないと考え、また近々やるだろうと予想していた。各町で一件ずつ犯行を重ねている。次に起きる場所をいくつか見当つけていた。この日、辰吉は小伝馬町と大伝馬町を当たることになった。

辰吉がちょうどある呉服屋に差し掛かった時、店から慌てた様子で出てきて後ろを気にしている若い男と出くわした。聞いていたのと似た特徴の男だった。

辰吉は気になって近づくと、男はその場を離れて行った。

辰吉は間を置いて、後を付けた。

男は小伝馬町の牢《ろう》の方に進み、その横を通り過ぎると、龍閑川《りゅうかんがわ》に架かる待合橋《まちあいばし》を渡った。そのまましばらく真っすぐ歩き、神田紺屋町《こんやちょう》三丁目の路地に入った。長屋木戸をくぐると、五軒長屋があり、左手奥から二番目の家の腰高障子《こしだかしょうじ》を開けた。

辰吉は男が入るのを見届けたあと、すぐに家の前に行き、腰高障子に隙間《すきま》があったのでそこから中を覗《のぞ》いてみた。

男は畳を上げて、床板を外した。

床下から甕《かめ》を取り出した。そこに懐《ふところ》から小判を取り出して入れた。今までのを貯《た》めているに違いない。

辰吉は唾《つば》を呑《の》み込んだ。

次の瞬間、男がこっちを見た。

「あっ」

男は慌てて戸口に向かってくる。

辰吉は腰高障子に手を掛けた。

四半分まで開いたところで中から力が加わって腰高障子が動かなくなる。

「大人しくしろ！」

辰吉は大声で怒鳴りつけた。

背後から人が集まってきてざわめく声がした。

一瞬気を取られると、開きかけていた腰高障子がバタンと勢いよく音を立てて閉まった。途端に腰高障子につっかえ棒を置いたようだ。

「この野郎！」

辰吉は腰高障子を蹴《け》った。

一度だけでは打ち破れず、何度も蹴った。

だが、一向に開かない。

辰吉が腰高障子をガタガタさせていると、そのうちつっかえ棒が外れたようだ。

辰吉は腰高障子を開け、中に入った。

すでに男の姿はない。畳と床板は上げられたままである。甕の中からは小判がなくなっている。

奥の障子が開いており、坪庭が見渡せた。

冷たい風が辰吉の背中から吹き抜けた。

「どこへ逃げやがった」

辰吉は土足のまま部屋に上がり、坪庭に走り出した。

庭続きに長屋を出て、大通りに足を向けた。井戸の近くには人が多く集まっていた。

見物人はさらに集まってくる様子だ。

「ここに住んでいる男はどっちに逃げたんだ」

辰吉が大声で辺りにいる人たちに呼びかけた。

「岩井町《いわいちょう》の方だ」

群衆の中から男の声がした。

辰吉は大通りに出て、そっちに駆け出した。

男の後ろ姿は見えない。だが、辰吉は道なりに進んだ。

しばらくして、正面から見覚えのある顔が向かってきた。同じ忠次の手下の安太郎《やすたろう》だ。酒屋の息子で、好きで捕り物をしている。

「兄い、あの泥棒が」

「お前もか。さっき、橋本町《はしもとちょう》で怪しい奴《やつ》を見つけたから追って来たんだ」

安太郎が悔しそうに言った。

途中で曲がったのだろう。浜町堀《はまちょうぼり》沿いに大川の方に行くか、それとも神田川の方か。

「あっしは神田川の方へ行ってみます」

自分ならそっちへ逃げると辰吉は思った。大川は幅が広いので橋を渡るのが大変だ。

「わかった」

安太郎はどこを当たるとも言わずに駆け出した。

辰吉も急いで神田川の方へ向かった。

大和町《やまとちょう》、豊島町《としまちょう》には見当たらない。

神田川が見え、柳原《やなぎわら》の土手に上がった。右手には新シ橋《あたらばし》、左手には和泉橋《いずみばし》が見える。

ここらは夜になれば追剝《おいはぎ》だとか、夜鷹《よたか》が現れる物騒な場所だ。

物乞《ものご》いが土手で何人もうずくまっていた。

辰吉はその中のひとりに声を掛けた。

「誰《だれ》か逃げてこなかったか」

「ああ、来たけど」

「どっちへ行った？」

「あっちだ」

物乞いは上流を指した。

辰吉はそっちに駆けた。

ちょうど、和泉橋の手前で、風呂敷《ふろしき》を背負い、息を切らしているのか、前かがみになって休んでいる男が遠目に見えた。

あいつかもしれない。

辰吉も疲れていたが、足を速めた。

地面は少しぬかるんでおり、逆風が吹きつけるので足を取られる。

途中で男は振り返った。

ぼてっとした瞼《まぶた》の丸顔が見えた。

やはり、そうだった。

男はまた走り出した。さっきよりも足取りが重い。男は和泉橋に向かっている。だが、辰吉の方が明らかに速い。

どんどん男との間が縮まっていく。

橋の中央に来たところで、あと数歩に迫っていた。

「もう逃がさねえぞ」

辰吉は声を上げた。

男は足を止めた。

観念したかと思ったのも束《つか》の間《ま》、欄干を跨《また》いで川に飛び込んだ。

「野郎っ！」

辰吉も続いて橋から身を投じた。

水しぶきが跳《は》ねた。冬の凍えるような水が痛い。

男は泳いで神田佐久間町《さくまちよう》側の岸まで向かおうとしている。辰吉も泳いで追いかけた。

ふと、岸の方を見ると安太郎が立っていた。

男は辰吉の方ばかりに気を取られている。

岸に辿《たど》り着いた頃《ころ》には安堵《あんど》なのか、男が微笑《ほほえ》んでいるようにも見えた。

「兄い、そいつだ」

辰吉は叫んだ。

男は焦ったような顔をして前を向いた。だが、その時にはすでに安太郎が駆け寄り、男の腕をがっちりと摑《つか》んだ。

辰吉はすぐに岸に上がった。

水を多く含んだ着物が重たく、吹き付ける風が尋常ではない程に肌を突き刺す。体が震えて、くしゃみが出た。

「おめえは帰って着替えろ」

安太郎が言った。

「いや、これくらい平気ですぜ」

辰吉が鼻をすすりながら答えた。

「でも……」

「大丈夫です」

辰吉は安太郎の言葉を笑顔で遮って、男のもう一方の腕を摑んだ。

「近くの自身番に連れて行きましょう」

辰吉と安太郎は早足で歩き始めた。


自身番に行くと家主が辰吉の姿を見て、すぐに替わりの着物を取りに近くの家に行った。家主が帰ってくると、辰吉はそれに着替えて、自身番の奥の板敷きの間に行った。さっき捕まえた男が縄を後ろ手に縛られて安太郎と向かい合っていたが、男は俯《うつむ》いたまま安太郎の問いに答えない。

風呂敷は解《ほど》かれ、三十両ほどあるのが見えた。

辰吉は安太郎の隣に腰を下ろし、

「名乗りましたか？」

と、きいた。

「勘助《かんすけ》だ。それ以外は何も吐かねえ」

安太郎はため息をついた。

しかし、安太郎は白状させるのが上手《うま》くない。ただ相手を脅すだけで、駆け引きが出来ない。

「ちょっと、あっしに代わってください」

辰吉は角が立たないように軽く頭を下げた。

「ああ、任せた」

安太郎は自白させることには興味がないのか、あっさりと辰吉に放《ほう》り投げて部屋を出て行った。

辰吉は勘助と向かい合った。

「お前が白状しなくたって、こっちは手口から何まで全《すべ》て調べ上げられるんだ。それだったら、早く喋《しゃべ》った方がよくねえか」

辰吉は勘助の顔を覗き込んだ。

だが、男は俯いたまま黙っている。

「お前さん見るからに悪人って感じではなさそうだな。何か事情があって、金を盗んでいるんだろう」

辰吉が柔らかな口調で言った。

一瞬、男のこめかみがぴくりと動いた。

「借金か？」

「……」

「遊ぶ金のためにやったわけではないだろう？　そしたら、こんなに貯めてねえな。借金でもないとしたら……」

辰吉が腕を組んで考え出した時、

「薬代だ」

と、勘助がぽつりと言った。

「え？　薬代？」

「ああ……」

「誰が病気なんだ」

「おっ母《かあ》だ」

勘助はようやく顔を上げて辰吉を見た。辰吉は寄り添うようにきけば、ちゃんと話してくれるという手ごたえを感じた。

「詳しくきかせてくれ」

辰吉は身を乗り出した。

「八王子《はちおうじ》に住んでいるおっ母が重い病気なんだ。色んなお医者さまが治せねえって言うんだ。それで、一月前にもうすぐ死ぬかもしれねえって言われたそうだ。だが、あるお医者さまが阿蘭陀《オランダ》の薬があれば治せるかもしれねえって言って。ただ、そいつがものすごく高くて、俺《おれ》にはとてもじゃないけど買えそうにねえ」

「だから、商家に入って金を盗んだのか」

「ああ……、しちゃいけねえことだとは思っている。だけど、他に方法がないんだ。薬が買えたら自首するつもりだった」

勘助は悲しそうに言うと、項垂《うなだ》れた。

「だけど、どんな事情があっても金を盗むのはよくねえ」

「ああ……」

「盗んだ金は手を付けていないのか」

「この風呂敷に入っているのが全てだ」

「そうか。お前のおっ母《か》さんには悪いが、この金は盗んだ店々に返してくる。薬は諦《あきら》めるんだ」

辰吉は可哀想《かわいそう》だと思ったが、厳しく言った。

しばらく間があって、

「頼みがある」

と、勘助が辰吉の目をじっと見て言った。

「なんだ？」

辰吉は静かにきいた。

「二日間だけ捕まえるのを待ってくれ。おっ母が死ぬ前に一目会って詫《わ》びたいことがあるんだ」

勘助は目に涙を溜《た》め、必死の目で訴えてきた。

「二日間だけ見逃せと言うのか？」

「ちゃんと、ここに戻ってくる。その後は牢に入れられようとどうされようと構わねえ。だから、お願いだ」

勘助は額を床に付けて頼み込んだ。

「……」

辰吉は勘助を見ながら、戸惑っていた。

この男が言っていることが本当だとしたら行かせてやりたいのは山々だ。だが、逃げるために作り話を語っているかもしれない。

（いや、この男の目は真剣だ。嘘《うそ》ではない）

そう思ったが、今日初めて会って、しかも金を盗むような男の言うことを簡単に真に受けることは出来ない。

それに、いくら辰吉が二日間待ってあげたくても、忠次の許可がなければそれは出来ない。

「俺は決められねえ」

辰吉はそう言った。

その時、背中の方で、「親分、こちらです」という安太郎の声が聞こえた。振り返ると、すぐに襖《ふすま》が開いて、忠次が現れた。

「辰吉、どうだ」

忠次が辰吉の隣に座った。

「自白しました。色々と事情があるそうで……」

辰吉は勘助が自白したことを一つずつ丁寧に忠次に説明してから、

「それで、こいつが八王子のおっ母さんのところに行って別れの挨拶《あいさつ》をしてくるので、二日間だけ待って欲しいって。ちゃんと二日後に戻ってくると言っているんですが」

と、勘助の意向を伝えた。

忠次は勘助をじろりと見た。

「冗談じゃねえ。親分、こいつは逃げるための口実ですぜ」

安太郎が信じられないような顔をして言った。

忠次は辰吉に顔を向け、

「お前はどう思う？」

と、きいてきた。

「あっしは勘助の言っていることは本当だと思います」

辰吉は正直に言った。

「ったく、お前は甘すぎる」

安太郎が文句を言った。だが、忠次が手のひらを突き付けるようにして安太郎の非難を制止した。

「俺もこいつが嘘をついているとは思わねえ。だが、途中で気が変わって、八王子に行ったきり帰ってこないということだって考えられる。辰吉、お前がどうするか決めろ」

　忠次が言った。

「あっしがですか?」

「そうだ」

「……」

　辰吉はしばらく下を向いて考えた。

　今の勘助の気持ちとしては語ったことが本心かもしれないが、忠次が言ったように途中で気が変わることもあり得る。そうなれば、泥棒をひとり逃がすことになる。用心して放さない方が無難だ。

　しかし、勘助の気持ちを考えると……。

　辰吉は勘助を見た。縋《すが》るような目で辰吉を見ていた。

　辰吉も父の辰五郎と仲違《なかたが》いして家出をしていたが、もし辰五郎が死ぬということがわかれば一目会いたいと思うだろう。親の死に目に会わせてあげるくらいの情けはかけてあげたいと思った。

「親分、あっしは勘助を信じます。二日間だけ放してやってください」

　辰吉は忠次に頭を下げた。

「おまえ……」

安太郎の呆《あき》れるような声が、辰吉の頭上を掠《かす》めた。

「いいだろう」

忠次が頷《うなず》き、

「勘助、ちゃんと二日後の暮れ六つまでに通油町の『一柳』に来るんだぞ」

と、きつく言い付けてから、懐から匕首《あいくち》を取り出して縄を切った。

「さあ、行け」

忠次が顎《あご》で命じた。

「親分、ありがとうございます。絶対に帰ってきます。お前さんもありがとう」

勘助は丁寧に礼を言ってから、自身番を飛び出していった。

辰吉はその後ろ姿を見ながら、どこか不安を拭《ぬぐ》えなかったが、これでよかったのだと思った。

二

翌日の朝、辰吉はいつもの『一柳』での集まりに出ようと家を出たが、体の底から寒気がして震えが止まらなかったので家に戻り、もうひと眠りしていた。辰吉が川に飛び込んだことは忠次も知っているから事情を察してくれるだろうと思った。

再び起きて、家を出て来るのが昼過ぎになってしまった。もう忠次はいないだろうと思いつつも、『一柳』に向かった。

小鈴の家の前を通りかかると、三味線《しゃみせん》の音が止《や》んだ。

しばらくして、凛がちょうど稽古《けいこ》終わりのようで三味線を持って出てきた。

「兄さん、昨夜はどうしたの？」

凛が少しいらついたように言った。

「どうしたってなんだ」

「一緒に行くはずだったでしょう」

「何がだ」

「酉の市よ」

「酉の市⁉　あっ！」

辰吉は思わず声を上げた。

昨夜は小鈴や凛や辰五郎たちと酉の市に行くことになっていた。

「泥棒を追いかけて川に飛び込んだんだ。それがあって疲れが出たのかもしれねえ。家に帰って寝ちまった。すまねえ」

辰吉は謝った。

「そんなことがあったの。私こそごめんなさい。てっきり、約束を放り投げたのかと思って」

凜は恥じるように言った。

辰吉は、くしゃみが出た。鼻水も垂れてきたので啜《すす》った。

「風邪《かぜ》を引いたんじゃないの？」

凜が眉間《みけん》に皺《しわ》を寄せて、心配そうにきいた。

「そうかもな」

「今日は家で休んでいたら？」

「でも、まだ昨日の泥棒のことで調べたいことがあるんだ」

「余計に拗《こじ》らせちゃうわよ」

「だけど……」

「まったく、お父《とっ》つあんみたい」

凜が半ば呆れるようにため息をついた。

「鼻水とくしゃみは出るけど、大したことはねえんだ」

辰吉はそう言うと、凜は心配そうな顔を変えなかったが、

「気を付けてよね」

「それより、師匠は何か言っていたか」

「兄さんのことを心配していたよ」

「そうか。すまなかったと伝えてくれ」

「わかったわ」

辰吉は凜が小鈴の家に戻るまで見送り、隣の『一柳』に入った。今日は忠次が赤塚新左衛門の供の番ではなく、繁蔵が行っている。

忠次は自分の部屋で文机《ふづくえ》に向かい、何やら難しい顔をしていた。

「親分、どうしたんですか」

辰吉がきいた。

「ちょっと、勘助のことが気になってな」

忠次が静かに答えた。

「信用できませんか」

「いや、そうじゃない。勘助の顔をどこかで見た覚えがあると思って。さっき、安太郎に勘助のことを調べに行かせたんだ」

「そうでしたか」

「それより、具合はどうだ？」

「もうだいぶ良くなった気がします。もう寒気もないですし、頭も痛まないです」

「今日は大事を取って、家で休んでいろ」

「でも、勘助のこと、あっしにも調べさせてください。あっしが勘助を放したようなもんですから」

「安太郎に任せてあるから平気だ。風邪がぶり返したら、そっちの方が大変だ。とにかく家に帰って休んでろ。飯が要るなら女中に届けさせるから」

忠次は有無を言わせない口調で言った。辰吉は元気だと伝えたかったが、「へい」と大人しく答えて、その場を去った。

家に帰ると、体がどことなく重かったので横になった。

いつしか寝入っていた。

「辰吉、入るぞ」

と、太い声と腰高障子が叩《たた》かれた音で目を覚ました。

辰吉は体を起こし、声の方に目を向けると父の辰五郎が腰高障子を閉めるところだった。微《かす》かに夕陽《ゆうひ》と共に風が入ってきた。

一瞬、寒気がして体を震わせた。

「川に飛び込んだらしいな」

辰五郎は部屋に上がって来た。手には小さな風呂敷包みがあり、それを差し出してきた。

「泥棒を追っていたんだ」

辰吉がそれを受け取って風呂敷を解くと、稲荷寿司《いなりずし》と玉子焼きが箱詰めになっていた。辰吉は急に腹が鳴りだした。

「忠次が届けてくれって」

「すまねえ」

「あいつが随分褒《ほ》めていたぞ。泥棒に情けをかけるところなんかは俺そっくりだと言っていやがった」

辰五郎は唇を尖《とが》らせて横を向いた。辰五郎が照れている時の癖だ。

辰吉は布団から出て、稲荷寿司を口に入れた。ふっくらとした油揚げで、口の中に入れると胡麻《ごま》の香りが広がり、すぐに酢の味が舌を打つ。頬《ほお》が落ちるほどに美味《おい》しかった。

「ちゃんと帰ってくればいいんだが」

辰吉は呟《つぶや》いた。

「大丈夫だ。自分を信じろ」

辰五郎が力強く言った。

「そうだな。それより、親父《おやじ》はどうしてこっちに来たんだ」

辰吉がきいた。

「ちょっと、昔のことで調べていることがあって、忠次にききに来たんだ」

「調べていること?」

「実は二十年前に富岡八幡宮で捨て子があったのだ。その子が今太郎と言って、両親を探していたんだ。すると、どうやら本郷一家の鉄太郎とその妾《めかけ》の小雪らしいとわかったんだ」

「本郷一家の鉄太郎って、昔、親父が言っていたことがあるような気がする」

「よく覚えていたな。誰が殺したのかわからない件だ。それで、今太郎が鉄太郎を誰が殺したのか探りたいって言っていて。まず、鉄太郎の墓がどこにあるのかきこうと思っていたんだ」

「忠次親分が、どうして鉄太郎の墓の場所を知っているんだ」

「忠次が俺の手下だった時に一度、鉄太郎殺しについて話したことがあった。忠次は興味を覚えて調べたらしい。しかし、わからなかった。そのとき、鉄太郎の墓に行ったと話していたんだ。千住《せんじゅ》の光円寺《こうえんじ》という寺だそうだ。明日にでも行ってこようと思う」

辰五郎はきりっとした目つきになり、

「そういや、ここに来る途中に箱崎辺りで土左衛門《どざえもん》を見た」

と、思い出すように言った。

「箱崎って言うと繁蔵親分のところだ」

辰吉が顔をしかめた。

「そうだな。少し気になったんだが、すぐに繁蔵が来たからその場を離れた。でも、殺されてから川に落とされたようなんだ。まあ、とにかく今はゆっくり休んでいろ」

辰五郎は気遣うように言い、家を出て行った。

もう部屋は暗くなっていた。

辰吉は少しからだが良くなってきたのだろう。食欲も出てきて、残りの稲荷寿司を食べながら勘助に想《おも》いを馳《は》せた。

三

勘助を放ってから二日経《た》った。約束の日である。

七つ半（午後五時）、陽も暮れ始めていた。晴れているが、外で吹く風も冷たい。

辰吉は忠次と安太郎と共に『一柳』の広間でじりじりと待っていた。

まだ勘助は帰ってこない。

皆の顔が徐々に厳しくなり、会話が少なくなってきている。

やがて、広間に同心の赤塚新左衛門がやって来て、上座に腰を据えた。

「まだ帰ってこぬか」

赤塚は厳しい顔できいた。

「はい」

忠次は静かに答えた。

「そうか」

赤塚は重たく頷いた。

忠次が勘助のことを赤塚に報告したところ、泥棒を放したことに対して咎《とが》められるかと思ったが、むしろ喜んでいたという。辰吉はつくづく赤塚新左衛門という男が優しい心の持ち主に思ったが、繁蔵にだけは何も言えずに目を瞑《つぶ》っていることに甚《はなは》だ疑問である。

あと半刻《はんとき》（一時間）だ。

それまでに勘助が帰ってこなければ、逃げたということになる。まさか、勘助が逃げるはずはないという思いは変わらない。

ただ、勘助が途中で何かに巻き込まれていないか心配であった。

「親分、もう帰ってこないんじゃないですか」

安太郎がため息混じりに言った。

「いや……」

忠次はその後に続く言葉は言わずに背筋を伸ばして、銀煙管《ぎんぎせる》を吹かしていた。

「辰吉」

安太郎が顔を向けた。

「はい」

辰吉も振り向いた。

「あいつが帰ってこなかったらどうするつもりだ」

「帰ってきますって」

「あと半刻しかねえ。帰ってくる気配はないぞ」

安太郎の声が冷たかった。

「絶対に帰ってきます」

辰吉はむきになって言った。

外では強い風の音が聞こえていたが、走ってくる足音は聞こえない。

「帰ってこなかったら、泥棒をひとり見逃したことになるんだぞ。お前じゃなくて、親分に迷惑が掛かるんだ」

安太郎は厳しい口調で言った。

「やめねえか」

忠次が止めた。

安太郎は忠次に目を遣《や》った。

「まだ半刻残っている。そういう話は帰ってこなかった時にすればいい。今は帰ってくるのを信じよう」

忠次は安太郎と辰吉を交互に見た。

「ええ……」

安太郎は不満そうな顔をしていたが、それ以上何も言わなかった。

「どうしてあいつを信じたんだ？」

忠次がきいた。

「あいつの目です」

「目？」

「澄んだ目をしていました。あっしは親分の元で働かせてもらってから色々な人を見てきました。目を見ればその人が嘘をついているかどうかわかります」

「それが外れることもあるだろう」

「曖昧《あいまい》な時はありますけど、あいつは嘘をつくような男ではないことは確かです」

辰吉が言い切った。

「そうか」

忠次が軽く頷き、

「それにしても、親の薬代を出すために泥棒をするっていうのも可哀想な気もするな。勘助ってのは、どんな暮らしをしていたんだ？」

と、安太郎に顔を向けた。

辰吉が風邪を引いて寝込んでいる間に、安太郎が調べていた。

「勘助は生まれが八王子で、五年前に江戸にやって来たそうです。それから、植木職人として働いていたんですが、去年親方が亡くなり、さらにその親方の借金まで背負ってしまったそうです。十両くらいだそうですが、勘助は半年も経たないうちにその借金を全部返したそうです」

「十両を半年で？」

忠次は驚いたようにきいた。

まだ半人前の職人が半年で十両もの金を工面できるのか疑問である。

「ちゃんと十両揃《そろ》えて持って来たそうです。気になるのは金の出どころです。近所の者たちにきくと、勘助はちゃんと働いていたそうですが、それほど仕事があるというわけではなかったそうです」

「じゃあ、その十両もどこかで盗んだということも？」

「ええ、あっしはそれを疑っているんです。もし、その十両の金も盗んだものだとしたら、逃がしたら帰ってこないんじゃないかと不安なんです」

安太郎は話を戻した。

「なるほどな」

と、忠次は辰吉を見た。

「……」

辰吉は何も言えなかった。

たしかに、勘助を捕らえた時、親に一日会ってから戻ってくると語った時の真剣な目は嘘ではないと思う。ただ、この十両に関して、安太郎の話を聞いている限り、どこから盗んだと考えるのが普通だろう。そして、そんな奴《やつ》がちゃんと約束を守るかどうかときかれれば、素直に頷くことが出来ない。

安太郎は何か言おうとしたのか口を動かした。

その時、忠次が言葉を挟んだ。

「他に何かわかったことはないのか」

「あと、勘助が四十手前の胴長でぎょろ目の男とたまに会っていたそうでして、その男は勘助の周りで知っている人がいないんです」

「その男と一緒になって金を取ったと考えているのか」

「あっしの勝手な考えですが、勘助がぎょろ目の男の子分だとか。男は何か旦那《だんな》の過去を知っていて、脅して金を取ろうとした。だけど、旦那が相手にしなかったから、勘助に取らせたっていうのは考えられませんかね」

安太郎が低い声で、淡々と言った。

「それは考え過ぎじゃありませんか」

辰吉が口を挟んだ。

「俺も状況だけで決めつけるのは危ないと思う」

忠次が言った。

赤塚を見たが、こちらを見向きもしないで黙っていた。

「そうですかねえ」

安太郎は首をすくめた。

「万が一、勘助が帰ってこなければ、その男を調べる必要があるかもしれない」

忠次が安太郎の目を見て言い、立ち上がった。

障子を開けて外を覗いた。

弱々しい光が差した。陽がもうだいぶ低い位置にあり、今にも沈みそうである。夕空には雲が増している。風も強くなり、寒さも厳しくなった。

「もうすぐですぜ」

安太郎がしびれを切らしたように言った。

「……」

忠次は何も言わずにどこか遠くを見ている。

「まだ陽が沈むまで少しあります」

辰吉は帰ってくると信じていた。

本石町《ほんこくちょう》の方から鐘を撞《つ》く音が聞こえてきた。

「もう暮れ六つだ」

安太郎が呟いた。

「鐘が鳴り終わるまでに帰ってきます」

この期に及んで、辰吉は信じている。

鐘が二つ、三つ、四つ、五つと刻んでいく。

六つ目の鐘が鳴る頃、突然庭の繁みから烏《からす》が飛び出した。同時に、裏口の戸が勢いよく開く音がした。

辰吉の背筋が伸びた。

忠次と安太郎も音の方に顔を向けている。

足音が裏庭の方に駆けてくる。

辰吉は息を吞んだ。

「戻りました」

掠《かす》れるような声が聞こえ、すぐに勘助が現れた。だが、途端に勘助は倒れ込んだ。

「勘助！」

辰吉は裸足《はだし》のまま裏庭に下り、勘助に駆け寄った。

「おい、何か飲ませてやれ」

忠次が叫んだ。

「へい」

安太郎が返事をして、すぐに瓢箪《ひょうたん》を持って来た。辰吉は瓢箪を受け取り、勘助の口の近くに持って行った。

勘助は口を開け、忠次がそこに水を流し込んだ。

「よく戻った」

赤塚が褒めるように言った。

勘助は息切れして、まだ喋れない様子だ。

安太郎が辰吉に近づいた。

「お前の言うようにちゃんと帰ってきたな。疑ってすまねえ」

安太郎が謝った。

「いえ、いいんです」

辰吉は気にしていない。さっき、安太郎が語っていた十両の借金のことも、きっと勘助が一生懸命に働いて返したのだろうという思いがしてきた。

「それより、八王子はどうだったんだ」

赤塚が身を乗り出してきいた。

「あっしが向こうに着いた時には、おっ母は息を引き取ろうとしていました。あっしが顔を出すと微かに目を開けました。あっしが今までの親不孝を詫びると目に涙を浮かべて首を横に振ったんです。それが最期でした」

勘助は目を赤くしながら、唇を嚙《か》みしめていた。

「お前の母は死ぬ前に一目だけでも顔を見ることが出来て幸せだったと思う。だが、母の為《ため》とはいえ金を盗んだ罪に対しては罰を受けなければならない」

赤塚は真剣な顔で言った。

「はい。心得ております」

勘助は首をすくめて、申し訳なさそうに言った。

「お前は九両盗んだんだ。死罪にはならない。ちゃんと反省して、もう一度人生をやり直せ」

赤塚は忠次に目顔で合図した。

「ちょっと、お待ちください。あっしは三十両近く盗んでいます」

勘助が正直に言った。

「三十両？　わしが調べた限りでは九両だ。各店《たな》から一両ずつしか盗んでいないんだ。取り調べでそう言え」

「旦那……」

勘助は後の言葉が続かなかった。

「さあ、大番屋へ行くぞ」

忠次は勘助の肩を叩いた。勘助は大人しく両手を前に差し出した。そこに忠次が縄を掛けた。

「お前さん、本当にありがとう」

勘助は別れ際に辰吉に頭を下げた。

「牢は辛《つら》いだろうが、しっかりな」

辰吉は言った。

自分が無実の罪で繁蔵に牢に入れられた時のことが蘇《よみがえ》ってきた。

赤塚が先頭に、忠次が勘助の縄を引いて『一柳』を出た。

その後ろ姿を見ながら、辰吉はやっぱり間違えていなかったと安堵する思いでいた。

大富町は澄んだ空であったが、千住に近づくに連れて鉛のような凍雲が覆いかぶさって来た。

四

辰五郎は本郷一家の鉄太郎の墓を訪ねるために光円寺に向けて歩いていた。光円寺は千住宿から日光《にっこう》街道を外れて、しばらく歩いた田圃《たんぼ》の中にぽつんとあった。

この辺りを通る者は少なく、百姓としかすれ違わない。百姓たちは江戸市井の者たちよりもゆっくりと歩き、顔を合わせる度に知らない者同士なのに笑顔でお辞儀をしてくれる。

光円寺は東側に表門、北側に裏門があり、ぐるりと高い塀に囲われている。辰五郎は表門をくぐった。正面に進み、石段を十段くらい上ると歴史のありそうな本堂があり、中から経を読む声が聞こえてきた。

本堂の左手に墓が見えた。

見渡す限り一つひとつがかなり大きな墓が並んでいる。

誰か寺の者を探そうかと思った時、経を読む声が止まり、やがて本堂から年老いた僧が出てきた。

相手は辰五郎を見るなり、

「ご苦労様です」

と、静かに声を掛けた。

辰五郎はお辞儀で返した。

「お尋ねしたいことがあるのですが」

「何でしょう」

「本郷一家の鉄太郎という男の墓はありませんか」

「本郷一家？　はて……」

僧は考えるように首を傾《かし》げた。

「もう二十年くらい前にこちらに入っています。戒名はわからないのですが、こちらにあるとお聞きしました」

「もしかして、あの方かもしれませんね。女の人と入っている」

「女の人？」

辰五郎はきき返した。鉄太郎には女房がいた。鉄太郎が死んだあと、どこかに行ってしまったという。その女房も死んで同じ墓に入っているのだろうか。もしかしたら、女房との間に出来た子ども、鉄之助がふたり一緒に墓に入れさせたのかもしれないと思った。

「こちらです」

僧は案内するように歩き出した。石段を下りて、奥の方に進み、他よりも遥《はる》かに大きな墓の前にやって来た。

墓には大きな大居士《だいこじ》と、小さな信女《しんにょ》の戒名が並べてあった。

「おふたりの月命日の八日と二十日には必ず男の人が見えられますよ」

「ご子息でしょうか」

「いえ、ご子息にしてはもっと年上の感じがします。恐らく、本郷一家の方の墓ならば昔の子分の方でしょうか」

「昔の子分……」

辰五郎の頭には、小次郎が思い浮かんだ。だが、小次郎はそんなことは言っていなかった。隠していたのだろうか。いや、墓参りをしていることを隠す必要はない。もっとも、本郷一家にはたくさんの子分がいたから、鉄太郎が殺された今でも慕って墓参りをしている者がいてもおかしくない。

そうなると、鉄太郎に可愛《かわい》がられていた者だ。

ふと、小次郎が言っていた、当時十六、七の長次という男を思い出した。

「毎月、八日と二十日に必ず来るんですか」

辰五郎が確かめた。明日が八日になる。

「はい」

僧は頷いた。

その時にここに来れば会えるはずだ。辰五郎は期待を持って寺を去り、千住の宿場町に戻った。明日の朝早くにまた千住まで来てもいいが……。

出掛けにもしかしたら千住に泊まることになるかもしれないと言って来たから、一晩帰らなくても凜は心配をしないだろう。

辰五郎は近くにあった割と新しい二階家の旅籠《はたご》に入った。

入り口で四十年輩の男が座って待っていた。

「いらっしゃいまし」

「ひとりなんだが」

「お二階にどうぞ」

と、案内されて階段を上るとそこには二十代後半くらいの女中がいて、奥の部屋に案内してくれた。

その部屋は八畳間で床の間には、雪舟《せっしゅう》の墨画と猿が逆立ちしている彫り物があった。

どこかで見たことのある猿の顔だ。

辰五郎は彫り物を見つめながらそんなことを思った。

「これがお気になりますか」

女中がにこやかに笑いながらきいてきた。

「ああ、どこかで見たような顔だ。おどけたように見えるが、どこか賢そうにも見える」

「お客様、お目がお高うございますね。これは里美吉朝という彫り物師の作品なんですよ」

「なに、吉朝作だと」

辰五郎は目を丸くした。

「ご存知なのですか」

「ああ、知っている」

辰五郎は大きく頷いた。

「へえ、やっぱり、有名な方なのですね。私なんかは無学なものですから、こういう物を見ても何とも思わないのですけど、うちの旦那に言わせると当代きっての名人の作品だと自慢しておりまして」

女中が驚いたように言った。

吉朝はいくら金を積んでも作らない、関係のある者でなければなかなか手にすることが出来ないと小鈴が言っていたのを思い出した。

「旦那が吉朝を好んでいるのか」

「そうみたいです」

「旦那に会わせてもらえないか」

「ええ、下にいると思います」

女中は部屋を出て、階段を下りて行った。

しばらくしてから上がってくる軽やかな足音が聞こえてきた。

「旦那が下にお通しするように申しておりました」

辰五郎は女中に誘われて部屋を出た。階段を下りて入り口と反対の方に廊下を進んだ。

通されたのは金箔《きんぱく》張りの襖の小座敷だった。

中には恰幅《かっぷく》のよい五十過ぎの禿頭《とくとう》の男がいた。顔の血色がよく、優しそうな垂れ目をしている。笑顔で辰五郎を迎えたものだから、余計に目が細くなって大黒天《だいこくてん》のようにも見える。

「あなたも吉朝がお好きなんですか」

旦那は高い声で、身を乗り出してきいた。

「ちょっと吉朝に因縁《いんねん》があるとでも言いましょうか」

「ほう、それは面白そうですな」

旦那は子どものように目を輝かせて、話を聞きたいようだった。

「まあ、あっしの話は追々話しますが、吉朝の物をお持ちということは、何か縁があったのですか」

辰五郎はきいた。

「いえ、私なんぞは縁がございません。ただ、吉朝が死んでからたまたま持っている人からいくつか譲り受けただけでございます」

「そうですか」

もし吉朝と繋《つな》がっていたとしたら、何かわかるかもしれないと思っていたが、どうやら違うようだった。

しかし、ここまで話をしたので、すぐに場を切り上げるわけにはいかない。

旦那の吉朝への心酔を聞きながら、適当に相槌《あいづち》を打っていた。

だが、そのうち旦那がふと妙なことを言い出した。

「私がそもそも吉朝を好きになったのはある女がきっかけなんです。湯島同朋町《ゆしまどうぼうちょう》で芸者をしていた女で、名前は小雪と言いました」

「小雪？」

　辰五郎が思わずきき返した。

「ええ、肌が白くて、眼《め》が大きく、唇がぽてっとした綺麗《きれい》な子でした。たしか、東北の生まれだとか言っていましたっけ。その女が吉朝の作品が好きだったんです。吉朝の作品を手に入れたなら私の所に嫁に来てもいいなどと冗談めいたことを言っていましたっけ。でも、私は本気に取っていたんです」

「それで、吉朝の作った物を手に入れたんですか」

「手に入れようと方々を当たってみましたが、どこも吉朝の物を売ってくれません。何せなかなか作ってくれないですし、これからもっと価値が出ると思われていましたから、まだ手離さなかったんです。それでも、私は探し回っていましたけど、ある時小雪はやくざの親分さんに身請けされて行ってしまったんです」

　旦那は懐かしむように笑みを浮かべて言った。

　この小雪は間違いなく、鉄太郎の妾《めかけ》だ。

「それで、小雪のその後は知りませんか？」

「そんなに小雪に興味があるんですか。私の恥ずかしい昔の恋話ですよ」

旦那は恥ずかしそうに顔を俯けながらも続けた。

「小雪とは身請けされてから数年後に会いました。その時には入船町に住んでいて、子どもがいると言っていました。子分のような若い男が一緒でした」

その若い男が、もしや小次郎が言っていた長次ではないか。

「それで、不思議な縁と申しましょうか。その子分をその後千住でよく見かけるようになりました。物静かで、あまり多くを語らない方ですが、どうやら小雪は亡くなって、光円寺という寺に眠っているそうです。その男が毎月墓参りに来ているみたいです」

「なに、小雪があの墓に入っているのか」

あの信女の戒名は女房ではなく小雪なのだ。毎月八日と二十日に来るのは、やはり長次なのだ。長次が鉄太郎と小雪の墓守をしているのだろう。

その長次に会うことが出来れば何かわかるかもしれない。

辰五郎はしばらく話をしてから、部屋に戻った。

それから、凜と番頭に宛《あ》てた文をしたため、飛脚に届けるように多く銭を渡して頼んだ。

翌八日の朝、辰五郎は光円寺の本堂の脇《わき》から鉄太郎の墓を見ながら、長次を待っていた。空はからっと晴れていて風も強くなかったものの、底冷えする寒さだった。

昨日の老僧が辰五郎を見かけると、軽く会釈をして通り過ぎた。これだけ墓があるのに、墓参りに来る人はそれほど多くなかった。

昼四つ（午前十時）になった頃だった。

表門の方に男の影が見えた。それが墓に近づいてきて、やがて奥の鉄太郎と小雪の墓の前で止まった。

辰五郎は石段を下りて、墓に向かった。

男は胸の前で手を合わせて、墓に向かって長い間拝んでいた。辰五郎はその横顔をずっと見つめていた。

やがて、男は辰五郎の気配に気づいたのか、こっちを向いた。大きく見開いた目をしているが、人の良さそうな顔立ちだった。

「なにか？」

と、男は言ったが、すぐに見覚えのある顔と思ったのか、

「大富町の？」

「そうだ。長次だな」

辰五郎は低い声で確かめた。

「ええ」

男は気まずそうに頷いた。

「今日は小雪の月命日だそうだな」

辰五郎は墓に目を遣りながら言った。もう一度見てみると、雪という字が戒名に入っていた。

「どうして、それを？」

長次はただでさえ大きな目をさらに見開いた。

「ちょっと調べていることがあってな」

辰五郎は詳しくは言わない。

長次は少し考える風にしてから、

「もしかして、今太郎のことですか」

と、きいた。

「今太郎を知っているのか」

「ええ、この間会いました。正確に言うと、あっしが最初に声を掛けたのですが」

「詳しく教えてくれ」

辰五郎は一歩近づいた。

「いつでしたっけ。あっしがどこかで鉄太郎親分の倅《せがれ》の鉄之助だと思って声を掛けたら違う人でした。考えてみれば、鉄之助は島から帰っていないはずです。その後、今太郎ともう一度同じ場所で会いました。今太郎はあっしを探していて、もしかしたら同じ場所にまた現れるのではないかと待っていたそうです」

「今太郎は鉄太郎のことをききに来たんだろう？」

「そうです。誰が殺したのか知りたいと言っていました」

「お前は知っているのか」

「いえ、はっきりはわかりませんが……」

長次が言葉を濁した。

「何を今太郎に語ったんだ」

辰五郎は鋭い目を向けた。

「ある時、あっしが日本橋駿河町《するがちょう》によく行く薬屋があるのですが、そこで古傷が痛むという五十近くの商家の旦那風の男を見かけたんです。薬屋の主人が傷を見せてくれと言うと、男は一瞬戸惑いながらも片肌を脱ぎ、左胸にある大きな傷を見せたんです。

このくらいの長さですよ」

と、長次は自分の胸を人差し指でなぞった。

「刀傷か？」

辰五郎がきいた。

「そうに違いありません。薬を買って帰る途中、鉄太郎親分が殺された時のことが蘇ってきたんです」

長次は晴れた冬空を見上げてしんみりと続けた。

「あの日、雨が降っていました。あっしが本郷の鉄太郎親分の自宅に向かうと、左胸を押さえた見知らぬ男が出てきたんです。家の中に入ると鉄太郎親分は血まみれで息を引き取っていました。ただ、部屋の柱に刀の痕《あと》があったのでそこで刃《やいば》を合したのだろうと思います。親分の刀に血が付いていました。相手に傷を負わせていました。あっしは鉄太郎親分を殺した男の顔は生憎《あいにく》見えなかったのですが、背格好が薬を買いに来た商家の旦那風の男と似ていたんです。それに、その男も左胸に傷がある。あっしは、はっとしてすぐにその薬屋に戻りました。しかし、その男は初めて来たようでどこの誰だかもわかりませんでした」

「結局、その男が誰だかわからないんだな」

「ええ。ずっと探しているんですが……」

長次は厳しい目をした。

「どこら辺を当たっているんだ」

「日本橋駿河町周辺とそこから遠くない場所を、馬喰町に住む知り合いに探させています。ですが、その知り合いの行方がわからないんです。一体、どうしちまったのか」

長次はため息をついた。

「行方がわからない？」

「国許《くにもと》に病気の母がいるそうなので、帰っているだけなのかもしれないですが、それにしても黙って行くなんて……」

長次はため息をついた。

辰五郎は不審を抱いた。

「左胸に刀傷のある男か……」

「親分ももしわかったら教えてください。あっしは鉄太郎親分に随分と可愛がられていたんで殺したのが誰なのか知りたいんです」

長次は真剣な眼差《まなざ》しで辰五郎を見つめていた。

辰五郎は小さく「わかった」と答えて、長次と別れた。

辰五郎は夕方前に大富町の『日野屋』に帰った。店には客が何人かいて、辰五郎の帰りを待っていたという。だからと言って、これと言った大切な話があるわけではなく、ただ町内で困ったことがあるから力を貸してくれだの、揉《も》め事《ごと》の仲裁をしてくれといった他愛のないことばかりであった。辰五郎は面倒に思ったが、全て引き受けると返事した。

その客たちが帰ると、暮れ六つを過ぎたので店を閉めた。

「ご苦労様でした」

番頭がほっとため息をつきながら辰五郎を労《ねぎら》った。

「今太郎は来たか」

辰五郎はきいた。

「いえ」

番頭は首を横に振った。

最後に来てからしばらく経つ。もうそろそろ来てもいいはずだ。それとも、辰五郎が曖昧な返事をしたからもう来なくなったのだろうか。

ただ、長次のところまで訪ねたのは確かだ。それとも、ひとりで日本橋の旦那衆の左胸に刀傷がないかを調べようとしているのだろうか。

あまり変なことをすると怪しまれる。

辰五郎は注意するためもあって、今太郎が住んでいるという馬喰町の長屋に行こうと考えた。

馬喰町に着いたのは、暮れ六つを半刻ほど過ぎた頃だった。辰五郎は郡代《ぐんだい》屋敷の裏に回った。ちょうど、これから家に帰るのであろう棒手振《ぼてふ》りに出くわした。

「ちょっといいかい」

辰五郎は呼び止めた。

「何です？」

棒手振りの男は立ち止まって、天秤棒《てんびんぼう》を下ろした。

「ここらに今太郎っていう男が住んでねえか」

「この長屋ですよ」

男はすぐの路地を指した。

「でも、近ごろ帰っていないんです」

「帰っていない？」

「もう五日くらい経ちますかね。長屋の連中は夜逃げしたんじゃねえかと噂《うわさ》しているんですけど、借金取りが来るわけでもないですし、どうも妙なんです」

五日前と言うと、ちょうど長次に会った頃だろう。

「今太郎は不意にいなくなることは今までもあったか」

「いえ、初めてなんです」

「誰か親しい人は？」

「おそらく、あっしが一番親しいかと」

「何にも聞いていねえのか」

「ええ」

男は困ったように顔をしかめた。

辰五郎は胸騒ぎがした。鉄太郎殺しを巡っていまふたりの者の行方がわからなくなっている。

偶然なのだろうか。

それとも……。

「もし、今太郎が帰ってきたら、大富町の辰五郎が探していたと言ってくれ」

辰五郎はそう言い残して、馬喰町を後にした。

五

十一月十三日の陽が暮れた頃、『一柳』に箱崎町の親分こと、岡っ引きの繁蔵がふてぶてしい顔をして現れた。

辰吉が繁蔵を客間に案内した。

忠次がすぐにやって来た。

「『花田屋』の旦那が殺された。下手人は勘助だ」

繁蔵が低い声で言った。勘助はすでに牢に入っている。

「え？」

辰吉は思わず声が出た。

繁蔵がちらっと見たが、すぐに忠次に顔を戻した。

「いつ殺しがあったんです？」

忠次が冷静にきいた。

「十一月六日のことだ。死体が箱崎川に浮いていた。殺されてから、川に落とされたようだ。財布も盗られており、金目当ての犯行だ。近くで勘助らしい男を見かけたということを何人も言っている。調べてみると、勘助は盗みでお前に捕まったらしい。捕まっているなら勘助に出来るはずがねえと思っていた。だが、どうやらお前が勘助を放してやったそうじゃねえか」

繁蔵が怪訝《けげん》な顔をした。

辰吉はこの間辰五郎が言っていた土左衛門の話を思い出した。もしかしたら、それがこの殺しのことかもしれない。

「実は勘助は病気の母が病に伏していたんです。最期に一目会って詫びたいからと、八王子の実家へ帰してやったんです」

忠次が慌てることなく説明した。

「そんなことを信じたのか？」

繁蔵は片眉を上げ、嫌味たらしくきいてきた。

「でも、ちゃんと帰ってきました」

「八王子に行かないで、その間に殺《や》ったんだ。放されてからすぐに金目当てで殺した。現に殺しの数日前にも、『花田屋』に盗みに入っている。金があることは知っていて狙《ねら》ったんだ」

繁蔵が決めつけて言った。

「そんな！　あいつは殺しなんかするはずないですよ。それに、赤塚の旦那だって、勘助が帰ってくるところに立ち会ったんです」

辰吉はつい口を挟んだ。

「赤塚の旦那も、勘助が殺したとお考えだ」

「旦那が？」

辰吉は信じられなかった。

「でも、もし勘助が殺っていたとしたら、戻ってこないはずです」

「あいつは自分の分が悪いと見て、ここに戻ってくればお前のような馬鹿な奴が殺しはしていないと信じてくれると考えたんだ。そうすれば、金を盗んだ罪だけで済む。お前らはまんまと騙《だま》されたんだ」

繁蔵が頭ごなしに言った。

「あいつは……」

辰吉が勘助を庇《かば》おうとしたとき、

「お前たちが放さなければ、『花田屋』の旦那は殺されずに済んだはずだ。お前たちが殺しを手伝ったようなものだ！」

繁蔵が凄《すさ》まじい剣幕で怒鳴りつけた。

忠次は腕を組んで、何も言わずに繁蔵を睨《にら》みつけている。繁蔵も睨み返して、宙でふたりの目がぶつかり合った。

「これから、もっと詳しい取り調べを行う。忠次、お前は責任を取らされるだろう」

繁蔵が散々言いたいことを言って、部屋を出て行った。

忠次は何も言わずに一点を見つめていた。

辰吉はみるみる怒りが湧《わ》いてきた。繁蔵は忠次をこの機に乗じて蹴落そうとしているに違いない。

「親分！　勘助が殺るはずありません」

辰吉はたまらず訴えた。

「その根拠は？　ちゃんと証《あか》してくれる者がいるかわからねえ」

「あっしが捜してきます」

「これは繁蔵親分の仕事だ。お前が変に出しゃばるとまた何をされるかわからねえ」

忠次が制するように言った。

何かすれば、繁蔵が黙っていないのは十分わかっている。

ただ、今まで何度となく繁蔵には邪魔をされてきた。その度に、どこかもやもやとした気持ちが募っている。

繁蔵の強引な探索のやり口や、時には自分の思い通りにするために話をでっち上げたりすることも、辰吉は気に食わない。忠次もそれを気にしているが、同心の赤塚新左衛門がどうにも繁蔵に頭が上がらないので、何も指摘できないでいた。

父の辰五郎からも、繁蔵には気を付けろと口うるさく言われている。

だからこそ、自分がやってやろうという気持ちが高まった。

「勘助が下手人というのは、繁蔵親分がでっち上げたものに違いありません。何か自分に不都合があるんですよ。ここで繁蔵親分の悪事を暴いてやりましょう」

辰吉は決め込んで言った。

「大声出すな。まだ近くにいるかもしれねえ」

忠次が注意した。

それから、忠次は声を潜めて続けた。

「たしかに、繁蔵親分は勝手に証《あかし》をつくったりと目に余るところがある。それを知っていて黙っている赤塚の旦那も何か握られているに違いねえ。ただ、お前が取り組むには相手が悪すぎる。潰《つぶ》されかねないぞ」

忠次が厳しい口調で言った。

「ええ、わかっています。ただ、赤塚の旦那も好んで繁蔵親分の味方をしているわけではないでしょう。もし、繁蔵親分が何の罪もない者を捕まえているという確実な証が出てきた場合には、赤塚の旦那も繁蔵親分を追及するでしょう」

「うーむ」

忠次が考え込んだ。

「親分、調べさせてください。勘助はあっしの考えで放したんです。お願いです」

辰吉は頼み込んだ。

「いいだろう。ただ、無茶はするな」

忠次が心配そうに言った。

「はい、さっそく八王子へ調べに行きます」

辰吉はすぐさま『一柳』を飛び出した。

辰吉は京橋《きょうばし》、赤坂《あかさか》、四谷《よつや》の町々を抜けて四谷大木戸を通った。昔はちゃんと木戸門があったそうだが、今は門が取り払われて石垣の上には草が無造作に生えている。ただ、番小屋は残っており、ここは高台になっているので江戸城を真っすぐに見下ろすことが出来る。

大木戸の先の左手には高遠《たかとお》藩、内藤駿河守《ないとうするがのかみ》の屋敷がある。屋敷の前には玉川《たまがわ》上水が流れていて、江戸市井に注いでいる。

辰吉は道を真っすぐに進んだ。

甲州《こうしゆう》街道と青梅《おうめ》街道の交わる追分まで、下町、仲町、上町と内藤新宿が続く。元々、甲州街道を参勤交代で通る大名は高島《たかしま》、高遠、飯田《いいだ》の三藩のみであるが、甲州方面、青梅方面から多くの物資や人が流れ込んでくるために内藤新宿は栄えていた。品川《しながわ》、千住、板橋《いたばし》などと同様に旅籠や茶屋がずらっと居並んでいる。

「ちょっと、寄っていってください」

と、辰吉は腰掛茶屋の茶汲《ちやく》み女に声を掛けられた。

「お前さんは毎日ここで通りを見ているんだな」

辰吉はきいた。

「そうですけど」

女はどうしてそんなことをきくのだろうと不思議そうな顔をしていた。

「八日前もいたかい」

「ええ、おりました」

「額が広く、耳が肉厚で、真ん丸い目に、ふくよかな顔の二十代半ばくらいの男を見なかったか」

「八日も前のことなんか覚えていません」

「多分、急いでいたと思うんだ」

「急いでいた人……。そういえば、そんな若い男の人がいたような気もします。その人は雨じゃないのに駆けて行って、不思議でした」

女は思い出すように上目遣いで言った。

しかし、それ以上のことはこの女から聞けなかった。

勘助が途中で茶を飲んだり、食べ物を口にしたりはしたかもしれない。ただ、急いでいるので履物を脱ぐような店は選ばないだろう。

辰吉は道のところどころにある立ち食いの屋台を訪ねた。どこも辰吉が客じゃないとわかると、嫌な顔をして面倒くさそうに答えられた。

何店も当たって、追分にある団子で有名な柳茶屋の近くにある蕎麦《そば》屋の屋台に顔を出した。

客が誰もおらず、気難しそうな中年の男が辰吉の顔を見るなり、蕎麦を茹《ゆ》でようとした。

「尋ね人なんです」

辰吉が慌てて言った。

男は蕎麦を掴んだ手を放して、

「どんな人だ」

と、顔を変えずにきいた。

「額が広く、耳が肉厚で、真ん丸い目に、ふくよかな顔の二十代半ばくらいの男です」

「ここで急いで食べて行ったよ」

男が小さく言った。

「本当ですか？」

「ああ、あまりに急いでいるから食い逃げじゃねえかとも疑ったんだが、ちゃんと代金は払った」

内藤新宿までは来ている。神田佐久間町の自身番を出たのが八つ（午後二時）頃であった。ここに来たのは、七つ（午後四時）くらいだろうか。

「その男が来たのは、夕方でしたか」

辰吉はきいた。

「そうだな。七つくらいだな」

辰吉の思った通りだ。その男が勘助の可能性がある。

「どっちの方向に行きましたか」

「あっちだ」

男が指したのは、甲州街道の方だった。

「ありがとうございます」

辰吉は礼を言って出た。

辰吉は高井戸《たかいど》、府中《ふちゆう》、日野《ひの》などを通って一晩中歩き続け、八王子の宿に着いたのが、明け方だった。

八王子は内藤新宿から約十里（四十キロメートル）の距離にある。八王子十五宿とか、八王子横山十五宿などとも呼ばれる。地名の由来は北条氏照《ほうじょううじてる》が深沢山《ふかざわやま》に城を築き、そこに牛頭天王《ごずてんのう》の八人の王子神である八王子権現《ごんげん》が祀《まつ》られていたため八王子城と命名されたことだという。

まだ日が昇っていないので、それほど多くの人は通っていなかったが、それでも疎《まば》らに旅人や宿場で働く人たちがいた。

江戸よりも寒く感じる。辰吉の吐く息も常に白く凍ってしまいそうだ。もう少し厚着をして来ればよかったと後悔した。

辰吉はゆっくり歩いている三十過ぎの馬子《まご》に声を掛け、勘助の特徴を言って、似たような男を知らないかきいてみた。

「もしかして、勘助のことを言っているのか」

と、馬子が言った。

「そうです！　勘助です」

辰吉は思わず声が大きくなった。

「勘助はこの先にある実家に帰ったはずだ」

「おっ母さんが亡くなったとか」

「そうみたいだ。今は勘助の叔父さんが家の片付けをしているようだよ」

「そうなんですか。家までの行き方を教えて頂けませんか」

辰吉は頼んだ。

馬子は快く道順を教えてくれた。一里ほど離れた場所にある。

辰吉は言われた通りに行くと、茅葺《かやぶき》屋根の家に辿《たど》り着いた。古びた門があり、小さな庭がある。

もう日が昇って、空は晴れわたっていた。だが、以前にも増して寒さは厳しい。

「すみません」

と、戸を開けて土間に入った。

「はい」

微かな声が奥から聞こえ、すぐに五十過ぎの痩《や》せた白髪交じりの男が土間にやって来た。

「勘助の叔父さんでございますか」

辰吉はきいた。

「そうですが」

叔父は辰吉を見ながら誰だろうという顔をしている。

「あっしは日本橋通油町の岡っ引き、忠次親分の手下の者でございます。実は勘助が殺しの疑いを掛けられておりまして、確かめに来たんです」

「えっ、あいつが殺しを？」

「ちょうど九日前の夜のことです。勘助はおっ母さんが重い病で寝込んでいるからとこっちに来たと言っていました」

「そうです。あいつは確かにここに来ました。まさか、誰か殺してから来たんじゃ……」

「いえ、あっしは勘助がそんな奴ではないと思っています。それに、殺してから来るようなことも出来ないでしょう。でも、あなたが勘助は確かに八王子にいたということを言ってくだされば、勘助の裏付けは取れます。安心してください」

辰吉は慰めるように言った。

だが、叔父の顔は血の気が引いており、何か恐ろしいものでも見たようになっていた。

「大丈夫です。安心してください」

辰吉はもう一度叔父に言い、早めに勘助の実家を出て、江戸への帰途についた。

第三章　街道

一

　辰吉は甲州街道を早足で歩き、日野宿を突っ切っていた。八王子を出る時に江戸の方には重たい雲がかかっていたが、ここまで来てみると雲間から陽差《ひざ》しも見えて、寒さも和らいでいる気もする。

　左手には白壁に囲われた本陣が見える。庭の松や欅《けやき》の木の枝が敷地から外に突き出ていた。

　立派な本陣に目を奪われながらも、先を進んだ。

「さっさと金を出しやがれ」

　少し先の路地から迫力のある声がした。

　辰吉は声の方に進み、ふと路地に目を向けた。三人の風体の悪い男たちが色白で面長の小さな目をしている二十歳《はたち》くらいの男を取り囲んでいる。

「やめてください」

囲まれた若い男が消え入るような声を発して身構えた。三人の男のうち、兄貴分のような体格のよい黒い着物の男が肩をいからせながら若い男に近づいて行く。

若い男の腰は引けていた。

「早く金を出しゃいいんだ」

兄貴分は若い男の懐《ふところ》に手を突っ込んだ。すぐにその手を抜くと、手には財布が握られていた。

「返してくれ」

若い男が兄貴分にしがみついた。すると、兄貴分は若い男を突き飛ばした。

辰吉は見過ごせなかった。

自然と拳《こぶし》を握りながら、そこに近づいて行った。

三人は辰吉に気づかない様子で、奪った財布を開きながら、

「意外と持ってやがる」

と、鼻で笑って過ぎ去ろうとした。

兄貴分が振り向いた時、ようやく辰吉に気が付いたようだ。ふたりの間は十歩ほどに迫った。

「なんだ、てめえは」

兄貴分が声を荒らげた。

「財布を返しな」

辰吉が突き刺すように言った。

「おい、勘違いしちゃ困るぜ。通り際にこいつの腕に引っ掛かって、着物を切られちまったんだ。その金を貰《もら》っただけだ」

兄貴分が袖《そで》を見せてきた。

脇《わき》の部分がざっくりと破けていた。しかし、そんな狭い道でもないのに、避《よ》けようと思えば避けられたはずだ。言いがかりをつけるためにわざとぶつかって行ったに違いない。

「姑息《こそく》な真似《まね》は止《よ》せ」

辰吉は叱《しか》りつけるように言った。

「面倒なのが現れやがった。おい、おめえら」

兄貴分がそう言うと、弟分のふたりが匕首《あいくち》を取り出した。

「痛い目に遭いたくなかったらさっさと失《う》せやがれ」

兄貴分が辰吉に人差し指を付きつけながら、怒鳴った。

こんなの恐くもない。喧嘩《けんか》を吹っかけられることも、悪人と対峙《たいじ》するのもよくあることだ。辰吉は動じなかった。

兄貴分がその様子を見て、

「肝が据《す》わっているようだが、そうしていられるのも今のうちだ」

と辰吉を睨《にら》み、弟分に目顔で合図した。

弟分のひとりが匕首を振り上げて飛び掛かって来た。

辰吉は身をひるがえして、相手に足を引っかけた。弟分は体勢を崩した。すぐさま、匕首を持った手を蹴《け》り上げた。

匕首が弧を描くように遠くへ飛んだ。

若い男は唖然《あぜん》として辰吉を見ていた。辰吉は目顔で逃げろというように合図した。

若い男は微《かす》かに頷《うなず》いたが、三人の男たちの様子を見つめていた。

「よくもやってくれたな」

もうひとりの弟分が匕首を脇に構えて突進してきた。

辰吉は素早く避け、相手の手を取ってねじり曲げた。その男の指が徐々に開いて、匕首が地面に落ちた。

弟分を突き放し、匕首を拾おうとした。

「この野郎！」

突き放された弟分が素手で飛び込んできた。

辰吉も向かい合って飛び込み、両手でつかみ合うようにして相手を食い止めた。弟分が余計に力を入れた時、相手の右の腕を取って投げ飛ばした。

弟分は一回転して尻《しり》もちをついた。

しばらく立ち上がれないようだ。その隙《すき》に匕首を拾い上げた。

最初に襲ってきた弟分が再び匕首を持って襲い掛かってくる。

辰吉は相手よりも早く匕首を目の前に突き出して、動きが一瞬止まったところを鳩尾《みぞ》に鉄拳《てつけん》を喰《く》らわした。

弟分は咽《む》せながらうずくまった。

「よくもやりやがったな」

兄貴分の声がした。

途端に、凄《すさ》まじい形相で匕首を胸の位置に構えて飛び込んできた。

辰吉は飛び退《の》いた。

弟分とは違い素早い動きであった。すぐさま、また匕首を横から切りつけてきた。

辰吉は匕首で受け止め、もう一方の手で相手の腕を摑《つか》んだ。

押し返そうとして、相手の力が強くて逆に突き放されて思わずよろけた。

弟分とは力が違う。

油断できないと思ったのも束《つか》の間《ま》、兄貴分が匕首で辰吉の肩口に切り込んで来た。

辰吉は腰を落としながら、太腿《ふともも》を狙《ねら》って匕首を横に薙《な》いだ。兄貴分は素早く辰吉の一撃を避けたが、着物の脇は裂けていた。

裂け目から龍《りゅう》の彫り物が見えた。

「ちくしょう」

兄貴分が目を吊《つ》り上げて飛び掛かって来ようとした。

辰吉は踏み込んで、匕首で二の腕を狙った。

兄貴分はそれを素早く避けた。

辰吉は体を丸めて相手にぶつかっていった。

兄貴分は避けきれず、鈍い音と共に倒れ込んだ。辰吉は懐から財布を取り出した。

「逃げろ」

辰吉は後ろを振り向いて、若い男に財布を放り投げ言った。

「は、はい」

若い男は駆け出した。

「野郎っ！」

ふたりの弟分が追いかけようとしたが、さっきのが効いたのか、まだ苦しそうだった。その間に若い男は遠く離れて行った。

「もういい！」

と、兄貴分が起き上がって、悔しそうに弟分に言い放つと、三人は逃げるように去って行った。

「もう悪さするな」

辰吉は三人の背中に投げかけた。

つまらないことで時間を喰ってしまったと急いで街道筋に戻り歩き出した。江戸に急いで帰る必要がないなら、長閑《のどか》で水や空気も良さそうだし、一晩泊まって行きたいような場所であった。

多摩川《たまがわ》の河原に辿《たど》り着いた。葦《あし》が繁《しげ》っており、江戸の河原にはないような少し大きな石が転がっていた。

ここには橋が架かっていない。日野の渡しを使わなければ対岸の柴崎《しばさき》村まで行くことが出来ない。

ふと渡し場を見ると、舟が川岸から離れるところだった。

「待って下さい！」

辰吉は大声を掛けながら、渡し場に駆けた。

だが、その声は風に吹かれて船頭には聞こえないのか、知らぬ顔でいた。

渡し場に近づいた時、渡し舟が川岸から離れて行った。

渡し場には尻端折《しりはしょ》りをして、黒の股引《ももひき》を穿《は》いた中年の男が立っていた。

「次の舟はどれくらいで出るんです？」

「あれが戻ってくるまでだから、半刻以上は掛かるだろう」

中年男はあっさり言った。

「そんなに？」

「ちょうど、船頭を交代する時だ。手間もかかる」

辰吉は近くに今行ったのよりも少し大きな舟があるのが見えた。

「あの舟は？」

「馬舟だ。通行人のための舟じゃない」

「急いでいるんです。乗せてもらえませんか」

この舟に乗らなければ、今日中には帰れないかもしれない。

「お願いです。乗せてください」

と、真剣に頼み込んだ。

しかし、男は考える様子もない。

「駄目だ。この渡しは元々百姓が使っているものだ」

と、にべもなく言い付けた。

「そうですか。じゃあ、近くに橋はないですか」

辰吉は辺りを見渡して、橋がないのをわかっていながらもきいた。

「ずっと先まで行くしかない」

男は上流を指した。

「わかりました」

辰吉は諦《あきら》めて待つことを決めた。

「あそこで待ってろ」

男は近くの東屋《あずまや》を指した。

辰吉はそこへ行った。

床几《しょうぎ》が三つある。商家の奉公人風の男と、中年の武士が別々の床几に座りながら川を眺めていた。辰吉がもう一つの床几に腰を下ろすと、そのふたりが辰吉に目を遣《や》ったがすぐに顔を戻した。辰吉も川に向きながら、対岸へ進んで小さくなっていく舟を見ていた。

通りの方から勢いよく駆け寄ってくる足音がした。振り返るとさっき囲まれていた若い男であった。

辰吉は腰を上げた。東屋を出て、若い男に近づいた。

若い男は辰吉の前で立ち止まると、前かがみになりながら、膝《ひざ》に手を置き、「ああ、よかった」とため息を漏らした。

「奴《やつ》らに追われているのか」

辰吉は心配になってきいた。

「いえ、あなたにお礼を言おうと思ってきたんです」

男は咳込《せきこ》みながら言った。

「礼なんていいのに」

辰吉は若い男の背中を擦《さす》った。その時に首筋に火傷《やけど》の痕《あと》があるのが見て取れた。

「すみません。お見苦しい姿で……、それより、お怪我《けが》はございませんでしたか」

男は喉《のど》を涸《か》らした声を出した。

「あれくらいどうってことないぜ」

辰吉は笑いながら答えた。

若い男はしばらくしてようやく落ち着いたのか、姿勢を元に戻した。

「水を持ってくる」

「いえ、お気になさらずに。川の水で結構です」

辰吉は若い男が水辺に近づいたので付いて行った。多摩川は底が見えるほど透き通っていて、小魚が勢いよく動いている。

若い男がしゃがみ込み、両手で水を掬《すく》って口へ持って行った。

「ああ、美味《うま》い」

男は唸《うな》った。

「どれ」

辰吉も同じように飲んだ。まろやかで柔らかい水だった。

「確かに、江戸の水より断然うめえ」

辰吉も舌鼓を打った。

「あなたは江戸のお方で？」

「そうだ」

「もうすぐ帰られるんですか」

「ああ、急いでいるんだ」

「そうでしたか。あっしも江戸に帰りたいものです」

若い男はため息混じりに呟《つぶや》いた。

「お前さんも江戸の人かい」

辰吉はきいた。

「ええ。ちょっと訳があってこっちに来たんです」

「何かやらかしたのか」

「まあ」

男は俯《うつむ》き加減に曖昧《あいまい》に答えて、苦い顔をした。

酒か女か金でしくじったのか。男は真面目《まじめ》そうでありながらも、どこか儚《はかな》げな雰囲気に満ちている。大酒飲みには見えないし、さっきの様子からも喧嘩をするような男には感じられない。顔は悪くはないが、女にもてそうな色気があるわけでもない。

少し気にはなった。辰吉は何があったのか掘り下げてききたかったが、

「こっちに来てもう長いのか」

と、当たり障りのないことをきいた。

「いえ、まだ八日くらいです」

「たった八日。それなのに、もう飽きたのか」

「飽きたと言うか、こっちはどうも水が合わないようでして……」

「でも、何か訳があってこっちに来たのに、江戸に帰れるのか」

「来る途中に寄った内藤新宿なら知っている人にも会わないでしょうしいいんじゃないかと思いまして」

「確かに、内藤新宿は少し遠いから足を延ばすのには腰が重くなるな。でも、活気があって良い所だし、呼び込みをしている女たちも綺麗《きれい》どころが揃《そろ》っていたからいいかもな」

辰吉は冗談っぽく笑って言った。

しかし、男は真面目な顔を崩さずに頷き、

「どこかすぐにでも働かせてくれるところはありますかね」

と、眉間《みけん》に皺《しわ》を寄せて縋《すが》るような目をした。

辰吉は真顔になって、

「何か得意なことでもあるのか」

と、きいた。

「得意なこと？」

「力仕事に自信があるとか、算盤《そろばん》を弾《はじ》くのが早いとか」

「いえ、あっしは何にもありません。ただの棒手振《ぼてふ》りでしたし……。やっぱり、こんなんじゃ、どこも雇ってくれないですかね」

男は肩を落として言った。

「旅籠《はたご》の若い衆なら出来るだろう。飛び込みでも雇ってくれるはずだ」

以前、品川宿で名前を偽り、飛び込みで旅籠に住み込みをしていた下手人がいた。そういう所なら常に人手は必要だ。

「そうですね」

男は少し安堵《あんど》したように表情を柔らかくした。

やがて、舟が来た。

辰吉と若い男と奉公人風の男はそれぞれ十文払って、小さな舟に乗った。武士は他の渡しに同じく金を払わないでもいいようだった。

乗合の舟には四人が乗り、対岸に着くまで会話はなかった。

柴崎村に着き、そこから内藤新宿までは八里（三十二キロメートル）ほどの距離だ。

辰吉と男は一緒に行こうと言うわけでもなく、並びながら歩いた。

「ところで、お前さん、名前は何て言うんだ？」

「え、名前？」

「名前はあるだろう」

「あ、はい……」

男の目が泳いでいた。何かやらかして日野にやって来たようだし、警戒して言いたくないのだろう。岡《おか》っ引《ぴ》きの下で色々きき込みに行くと、そんな者はざらにいる。

「言いたくないなら言わないでも構わねえ。俺《おれ》は日本橋通油町に住む辰吉っていうんだ」

辰吉はまず自分が名乗った。

「辰吉さん……」

若い男は繰り返しただけで、名乗ろうとしなかった。

「何があったか知らねえが、道中長いから何か退屈しのぎにきかせてくれ」

辰吉は若い男と目を合わせた。

「……」

男は口を何度か動かしかけたが、言葉にしなかった。

「俺は怪しいものじゃねえよ。忠次親分の元で働いているもんだ」

辰吉は仕方がないので、自分の素性を明かした。

「忠次親分？」

「親分って言っても、やくざじゃねえ。岡っ引きの親分だ」

「岡っ引き？」

若い男は息を呑《の》んだ。

なぜこんなに驚くのだろう。岡っ引きに関《かか》わりがある者なのだろうか。

「何か調べるためにこっちに来たんですか」

若い男は震えるような声できいた。

「そうだ」

辰吉が答えると、男の顔が青ざめていった。

「どうしたんだ」

辰吉がきいた。

「なんでもありません」

男は首を横に振り、

「やっぱり、日野に戻ります」

と、突然踵《きびす》を返した。

辰吉は何かあると思いながらも、先を急いでいることもあるので、引き留めることはなかった。

江戸に着いた頃には、すっかり暗くなり、四つ（午後十時）を過ぎていたが、からっとした冬の夜空に満月に近い月が大きく輝いていた。

まだ四つであれば、忠次は起きているはずだ。『一柳』の奉公人や女中たちから忠次はいつも夜遅くまで起きていると聞いているし、朝は誰よりも早く起きて庭の手入れやら、掃除をしているということも知っている。

辰吉は店が終わったあとで静かになった『一柳』の裏口をくぐった。裏庭では辰吉と同じ年くらいの奉公人がゴミ出しをしていた。

「親分は出かけていないかい」

「ええ、部屋に籠《こも》ったきりです」

「親分が籠ったきり？」

勘助のことで悩んでいるのだろうかと思った。

辰吉は勝手口から屋内に入った。廊下を奥に進み、忠次のいつもの部屋に行った。

障子は閉められていた。

「親分、帰りました」

辰吉は障子越しの影に声を掛けた。

中で煙管《きせる》を手にした影がこっちを向いた。

「おう、ご苦労だったな」

と、低い声が聞こえてから、辰吉は部屋に入った。

忠次は煙を天井に向かって吐いていた。昨日出立してから一日しか経っていないが、忠次は目の下に隈《くま》があるようにも思えた。

「八王子はどうだった?」

忠次が銀煙管に莨《たばこ》を詰めながらきいた。

「やっぱり、勘助はちゃんと帰っていました。向こうに叔父がいて、そう言っていました。それに、甲州街道の所々でも勘助らしい男を見たと言う人たちもいるんです」

辰吉は、はっきり言った。

このことによって勘助が解き放たれるのではないかとも考えた。

しかし、忠次の顔はどこか浮かず、火を点《つ》けた莨の煙を今度は口元から漏らすように吐き出した。

「八王子にいたということだけを説明すればいいわけではなさそうだ」

忠次は疲れたような声で言った。

「どういうことです?」

「勘助の家を調べたら、『花田屋』の旦那《だんな》の皮財布が出てきたそうだ」

「え……」

辰吉は口を開けたまま固まった。

財布が出てくるとは思わなかった。確実な証《あかし》を摑《つか》まれたようなものだ。

（しかし……）

辰吉は眉間に皺を寄せて考えた。

その財布は本当に勘助が盗んだものだろうか。

「それにな、繁蔵親分が勘助の過去のことも調べ上げている。どうやら、勘助が殺しをするような男だと示したいのだろう」

追い打ちをかけるように、忠次が困ったように言った。

勘助の過去のことを調べれば、確かに借金もあったし、盗みもしている。そんな男を信じろという方が難しいかもしれない。

だが、勘助が殺して金を盗《と》るほどの悪党とは思えない。

二日後には帰ってくるという約束も守った男だ。

「財布の件も、勘助を箱崎で見たっていうことも怪しいです。繁蔵親分がでっち上げようと思えば出来ることです」

辰吉は興奮して、つい大きな声で言った。繁蔵であれば、財布を勘助の家に置いて、さもそれが元からあったかのように言うことが出来る。

「そうだが」

忠次はあえて否定せずに、銀煙管を膝の脇に置き、腕組みをした。

辰吉には忠次の立場が痛いくらいにわかった。同心の赤塚は繁蔵の肩を持つ。赤塚が勘助が殺したと決めていれば、それに異を唱えるのはなかなか出来ることではない。まして、確かな証があるわけではなく、勘助は八王子に行っていたから殺していないだろうということだけでは、証としては弱い。

「八王子に勘助が帰っていたとしても、あいつが殺していないとは言えない。絶対に勘助が殺していないということを掴まなければ勘助の無実を明かすことは難しいだろう」

忠次は腕組みを解いて、大きくため息をついた。

ここまで考え込んでいる忠次を見るのは初めてのことかもしれない。

辰吉は急に心の臓が激しく動き、不安に襲われた。

だが、勘助は殺していないのだと心の中で唱えた。きっと、最後には事実をわかってもらえる。そう信じた。

「とにかく、赤塚の旦那にも八王子に勘助が帰ったことを報《しら》せておきましょう。あと、勘助のことを箱崎できき回ります」

「だが、繁蔵親分の近所だ」

「ええ、抜かりないようにしますんで。あっしに任せてください」

「そうか」

忠次は頷いた。

辰吉は立ち上がった。

部屋を出る前に振り返って、

「勘助はまだ殺しを認めていないんですよね」

と、確かめた。

「ああ、認めていない」

忠次が辰吉を見て、力強く言った。

辰吉はやる気をみなぎらせて部屋を出た。

まだまだ、これから調べなければならないことは沢山ある。辰吉は目の前に大きな山が聳《そび》え立っていて、まだ一合目に達したばかりではないかという感じがした。

翌日の朝、まだ赤塚が出勤する前に辰吉は忠次と一緒に八丁堀《はっちょうぼり》の赤塚の屋敷へ赴《おもむ》いた。小さな門をくぐり、五、六個飛び石を跨《また》ぐと玄関に辿り着く。

庭先を中間《ちゆうげん》が箒《ほうき》で掃《は》いていた。ふたりを見ると、軽く会釈してまた掃除を始めた。

辰吉が戸を開けて、忠次が先に入った。

玄関を上がると板敷の小さな広間があり、正面に衝立《ついたて》があってから襖《ふすま》がある。

「赤塚の旦那」

忠次が呼んだ。

それほど大きくない屋敷の奥から物音がした。

すぐに赤塚新左衛門は襖を開けて出てきた。

「こいつが八王子に行って、勘助のことを調べて来たんです」

忠次が辰吉を指した。

辰吉は頭を下げながら、勘助のことを話そうと意気込んでいた。

目を上げて赤塚を見ると表情が曇っていた。

一瞬、嫌な予感がした。

「辰吉」

と、忠次に促されて辰吉は話し始めた。

「勘助は八王子に帰っていました。実家にいた叔父が言っていました。それに、内藤新宿でも八王子宿でも勘助らしい男を見たと言う者がいます」

辰吉は赤塚の目を見たまま逸《そ》らさなかった。

「昨夜、小伝馬町の牢屋敷で、同房の者が、勘助が殺したと言っていたのを聞いていたそうだ」

赤塚が静かに言った。

「え！」

辰吉は耳を疑った。まさか、勘助が認めたとは……。

「それは誰から聞いたんですか」

「繁蔵だ」

「同房の者って誰ですか」

「繁蔵が前に捕まえた男だそうだ」

「何という奴なんです」

「聞いていない」

「どうして、繁蔵親分は牢にいる者から話を聞くことが出来たんですか」

「解き放たれたのだろう」

「そんなうまい具合に……。名前を聞いておいてもらえませんか」

「何するんだ」

「そいつを見つけて、確かめたいことがあるんです」

「繁蔵のやり口にけちをつけるのか」

赤塚が強い口調で言った。

「勘助が認めたっていうのは、何かの間違いではありませんか」

忠次が口を挟んだ。

「いや、認めたんだ」

赤塚が打ち切るように言って、もう帰って欲しいのか目顔で忠次に合図した。忠次は顔をしかめた。

「旦那」

辰吉がたまらず声を掛け、

「勘助は八王子に行っていたんです。繁蔵親分の調べでは、勘助は江戸に残っていて殺したとのことでしたよね。すぐに調べ直すべきです」

と、憚《はばか》らずに言った。

「もう調べは済んでいる」

赤塚は突き放すように言った。

「ですが……」

辰吉が続きを言い掛けた時、

「帰るぞ」

忠次がぼそっと言った。

「いえ、親分。あっしは納得できません」

辰吉は忠次に厳しい口調で言い返し、

「旦那もあいつが帰ってくるのを一緒に待っていたじゃありませんか！　あの時の勘助の顔は誰かを殺してきた顔でしたか」

と、夢中で赤塚に訴えた。

赤塚は何も言わない。目すら合わせてくれなかった。

庭先から烏《からす》の嘲《あざけ》るような鳴き声が聞こえてきた。

赤塚は部屋に戻ろうと、背を向けた。

「旦那！」

辰吉は大声で呼んだ。

「辰、旦那を困らせるんじゃねえ」

忠次が窘《たしな》めるように言った。

「繁蔵親分がそういう風に仕掛けたんですか？　旦那、あの親分は無理やり自白させたり、ひどいことをするんです。もう一度、勘助の話を聞けば、事情が違っているはずです」

辰吉は早口でまくし立てるようにして訴えかけた。

その時、赤塚の後ろの襖が音を立てて開いた。

繁蔵が現れた。

「あっ」

辰吉は思わず声が漏れた。

まさか、繁蔵が奥に潜んでいたとは考えもしなかった。

繁蔵は辰吉をじろりと睨みつけるようにして、ゆっくりこっちに歩いてくる。

「おい、随分ひでえことを言いやがったな」

太い声が槍《やり》のように真っすぐ向かってきた。

辰吉は一瞬面喰《めんく》らってしまい、何と返していいのかわからなかった。

「旦那、こんな奴の話、聞く必要ありませんぜ。さあ、行きましょう」

繁蔵は土間に大きな足音を立てて下り、辰吉と忠次をそれぞれ睨み、ふたりを掻《か》き分けて道を開いた。赤塚は俯いたまま辰吉と忠次の間を通って外に出た。

「あんまりじゃありませんか」

辰吉は声を震わして、赤塚の背中に投げかけた。

赤塚はちらっと辰吉の顔を見たが、繁蔵に催促されてそのまま行ってしまった。

二

その日の夕方。辰五郎は通油町の『一柳』の内庭に面した客間で茶を飲みながら忠次を待っていた。外では風が強く吹いていて、庭の枯れ木が大きく揺れていた。

辰五郎がかじかんだ手を湯呑《ゆのみ》で温めるように持っていると、やがて忠次が慌てて部屋に入って来た。

「親分、大分待たしてしまいましたか」

「いや、ほんのちょっとだ」

「すみません。ちょっと探索が長引いて」

忠次は頭を下げた。

「気にするな。それより、ちょっとききたいことがあって来たんだ」

「何でしょう」

「日本橋や神田界隈《かいわい》で、左胸に刀傷のある商家の旦那は知らねえか」

辰五郎はきいた。

「左胸に刀傷……」

忠次は顎《あご》に手を遣って首を捻《ひね》った。

「ちょっとわからないですね」

しばらくしてから、忠次が申し訳なさそうに言った。

「その男がどうかしたんですか」

「うむ、鉄太郎殺しの下手人かもしれない」

「商家の旦那が下手人なんですか」

「まだわからないが、念のために探しているんだ」

「それなら、湯屋でもきいてみましょうか」

「いや、すでにきいてみた」

「そうでしたか。刀傷を見られたくないから、内風呂で済ませているかもしれませんね。日本橋辺りの旦那でそんな人がいるとは聞いたことがありませんから。もっとも、全員の裸を見たわけじゃねえんでわからねえですが」

忠次は畏《かしこ》まるように言い、

「ちなみに、誰が言っていたんです？」

と、きいた。

「昔、鉄太郎に可愛《かわい》がられていた長次っていう男だ」

辰五郎は答えた。

「やくざ者の中で長次という男は聞いたことないですね」

「当時、まだ若く、すぐに足を洗ったそうだから、一度も俺たちの世話になったことのねえ男だ」

「長次はなぜ下手人のことを知っているんですか」

「本郷の鉄太郎の家から左胸を押さえながら見知らぬ男が出てきたのを見た。その後に家に入ってみたら鉄太郎が殺されていた。鉄太郎の刀に血が付いていたらしい。下手人を斬《き》りつけているようだ。それで、少し前に日本橋の駿河町の薬屋で、左胸の刀傷が痛むから薬を出して欲しいという商家の旦那風の男を見かけたそうだ。その時には気づかなかったが、あとで思い返してみると、もしや鉄太郎を殺した男ではないかと思ったらしい。薬屋にその男のことをききに行ったがわからずに自分で探しているらしい」

辰五郎は語った。

「それじゃあ、長次の見間違いってことはないですね」

「そうだ。もうひとつ、気になることがあってな」

辰五郎は神妙な面持ちで言った。

「なんですね」

忠次が首を傾《かし》げた。

「今になって、あの時のことを調べている奴がふたりいなくなっているんだ」

「ふたりも？」

「ああ、ひとりは今太郎だ。もうひとりは長次の知り合いで馬喰町に住んでいる者だそうだ」

「馬喰町に住んでいる者ですか……」

忠次はふと思いついたような顔つきになった。

「どうしたんだ」

辰五郎はきいた。

「いえ、この間の『花田屋』の旦那殺しで捕まった男も馬喰町に住んでいた者なんで、ふとそいつの顔が過《よぎ》っただけです」

「そういえば、そんなことを辰吉から聞いたな」

辰五郎は前に聞いた話を思い出しながら確かめた。八王子にもう長くない母がいるとのことで、辰吉が二日間だけ放してあげたということは聞いていた。

「ええ、勘助という男なんですけど。ちょっと繁蔵親分が絡んでいてややこしいんですが……」

「何があったんだ」

辰五郎は眉間に皺が寄った。

「だいぶ、睨まれているんです。あっしより辰吉が心配です。あいつは勘助を繁蔵親分が下手人にでっち上げたと言い張っているんです。それで、今朝も赤塚の旦那にそのことを言ったのですが、その時に繁蔵親分もいて嫌味を言われました。赤塚の旦那は相変わらず曖昧な態度を取るばかりで……」

忠次は顔を歪《ゆが》めた。

「赤塚の旦那はいつだってそうだろう。お前の見立てはどうなんだ？　勘助は下手人ではないのか」

「勘助は八王子に行っていたとは思うのですが……。勘助は八王子に行かないで『花田屋』の旦那の伊三郎を殺したと出牢した同房の者に漏らしたそうなんです」

「ええ、ただ辰吉は疑っています。赤塚の旦那に聞いてみても、その出牢した同房の男を教えてくれません」

「繁蔵が仕組んでいるな」

「赤塚の旦那もそう信じている以上どうしようも出来ないじゃありませんか」

「勘助が真の下手人だったら、わざわざ戻ってこないだろう」

「辰吉も同じことを言いましたが、繁蔵親分は勘助が分が悪くなったので、泥棒の罪だけ被《かぶ》って、殺しは否定する魂胆だったと」

「よく考えやがる」

辰五郎は呆《あき》れたように言い、

「それでお前も頭を悩ませているんだな」

と、忠次に同情した。

「ええ。もし、勘助が罰せられれば、あっしも何らかのお咎《とが》めは受けるでしょう。それはまだいいんですが、辰吉が心配です」

「いま辰吉はどうしている？」

「勘助のことで箱崎できき込みをしています」

「箱崎へ？　危ねえな。繁蔵が気づいたら何するかわからねえ」

「あっしもそう言ったんですが」

「まあ、あいつならそんなことを言っても聞かないだろうな」

辰五郎は自分の若い頃と照らし合わせて言った。どんなに危ないと言われようが、危険を冒してでも行きたかった。辰吉にもその血は引き継がれているはずだ。

「でも、心配だ。俺もちょっと様子を見に行ってくる」

辰五郎は『一柳』を出た。

小網河岸に架かる思案橋《しあんばし》辺りで辰吉らしい姿を遠くに見た。俯き加減に歩いている。危うく周りの通行人とすれ違いざまにぶつかりそうになり、頭を下げていた。

辰五郎はその男に近づいて行くと、やはり辰吉であった。

「おい、辰吉」

辰五郎は声を掛けた。

辰吉は、はっとしたように顔を上げた。

「親父《おやじ》、どうしたんだ」

「どうしたもこうしたもねえ。勘助のことで箱崎を探っているみたいだな」

「ああ」

「忠次から大まかな話は聞いた。箱崎で何かわかったか」

辰五郎は息子の疲れた目を見てきいた。

「俺の思っていた通り、箱崎で殺しがあったと思われる日に勘助を見たという人を見つけられなかったんだ」

辰吉は目をきりっとさせた。

「誰がそんなことを言ったのか、赤塚の旦那にきけばわかるだろう」

辰五郎は当たり前のように言った。

「それが教えてくれないんだ」

「なに、教えてくれない？」

「繁蔵親分が仕組んでいるに違いねえ」

辰吉は言い切った。

「で、どのくらいの人に当たったんだ」

辰五郎はきいた。

「大体、五十人くらいだな」

「そんなにか？」

「でも、繁蔵のことだし、全員にきかなければ意味がないと一蹴《いっしゅう》するだろうと思って」

　辰吉は顔を歪ませて言った。

「それでも、難癖はつけてくる。忠次もどうやって勘助が無実だと明かそうか悩んでいる。『花田屋』の旦那のことを調べた方がいいんじゃないか」

　辰五郎が提案した。

「旦那のことを？」

「真の下手人を見つければ、勘助の疑いは晴れるんだ」

「そうか。やっぱり、その方が早いな」

　辰吉は納得するように頷いた。

「いずれにしても、気を付けろよ。繁蔵にまた探索の邪魔をされかねないし、赤塚の旦那に変なことを吹き込まれて信用を落としては意味がねえ」

　辰五郎はそれだけ注意して、辰吉と別れた。

『日野屋』に帰ると、千住から長次という客が来ていると番頭に言われた。辰五郎はすぐに客間へ行った。

長次が畏まって座っていた。

辰五郎が入ると、頭を深々と下げた。

「突然押しかけてすみません」

「何かあったのか」

辰五郎は座りながらきいた。

「ちょっと親分にお尋ねしたいことがありまして」

「うん？」

「さっき、あの知り合いの男を訪ねたのですが、やっぱりまだ帰って来ていませんでした。それで、近所のひとに話をきいてみたら、どうやら捕まったという噂《うわさ》もあるそうで。親分なら何か知っていると思いまして」

長次は心配そうな顔を向けた。

「何ていう名前なんだ」

「勘助です」

「なに、勘助？」

辰五郎の声がつい大きくなった。『花田屋』の件で勘助という名の男が捕まっている。それも同じ馬喰町に住んでいる。偶然とは思えなかった。

「どうしたんです？」

長次は不思議そうに辰五郎を見つめた。

「もし俺の聞いた勘助とお前さんの勘助が同じなら、高砂町の『花田屋』の旦那を殺したということで捕まったそうだ」

「あいつが殺しを？　まさか……」

長次は信じられないように丸い目を剝《む》き、口を半開きにして言葉を詰まらせた。

「あっしが頼んだ勘助も『花田屋』の旦那を調べたことがありましたが……」

「勘助はどこの生まれか知っているか」

辰五郎は思いついてきいた。勘助は国許《くにもと》の八王子の母を訪ねるために江戸を離れたと忠次が言っていた。

「八王子です」

「同じだ。お前の知り合いの勘助が『花田屋』の旦那殺しで捕まっているんだ」

辰五郎は言い切った。

「あいつがどうしてそんなことを……」

長次は俯いて、言葉をなくしていた。

「いや、無実だという声もある」

辰五郎は落ち着いた声で取りなすように言った。

「どういうことなんです？」

長次が顔を上げた。

「勘助は八王子にいる母が危篤《きとく》で会いに江戸を離れたそうだ。その間に『花田屋』の旦那が殺された。その殺しの数日前、勘助は母の薬代を稼ぐために『花田屋』に盗みに入った。金目当ての殺しをしたとして勘助は捕まっている」

「また金の問題が……」

長次は独り言のように呟き、首を傾げた。

辰五郎には微かに聞こえただけで、言葉がはっきりしなかった。

「また、と言ったか？」

辰五郎は確かめた。

「はい。以前、勘助は十両の借金がありました。その時の勘助といえば、飲む打つ買うの三拍子が揃っている男で、もうろくでもない奴でして。でも、どこか心根の優しい奴で、あっしが借金を肩代わりしてやったんです。その代わり、日本橋界隈に行って、鉄太郎親分の殺しの相手を探させていたんです」

「なるほど、それで勘助を」

辰五郎は頷いた。

「親分、あっしは岡っ引きのところへ何か言いに行った方がいいですかね」

長次は心配そうにきいた。

「一応報告した方がいいかもしれねえが、岡っ引きじゃなくて、直接同心のところに行った方がいい」

「え、直接同心ですか」

「そうだ。ちょっと厄介なことがあってな」

と、繁蔵のことは伏せておき、

「ただ、お前が同心に話しに行ったところで、勘助が解き放たれるわけではない。ただ、そのことを話しておいた方が今後のことで何かと良いだろう」

と、言った。

辰五郎は忠次に頼んで連れて行ってもらおうかと考えたが、繁蔵のことを思うとまた面倒なことになりそうだ。だからやはり直接自分で行ってもらおう。

「すまないが、ひとりで同心のところへ行ってくれるか」

「わかりました。とりあえず、同心のところへ行ってきます。誰が受け持っているのです？」

長次がきいた。

「赤塚新左衛門さまだ」

辰五郎は教えた。

長次は頭を下げて八丁堀に向かって行った。長次の背中を見ていると、鉄太郎殺しの件と『花田屋』がどこかで結びついているのではないかという思いがしてきてならなかった。

三

翌日の夕方、辰吉は『花田屋』に来ていた。

もう初七日は過ぎたが、まだ悔やみの言葉を伝えに『花田屋』を訪ねる人が多いようだった。それだけ慕われる人だったのかと、つくづく実感した。

辰吉が店に入ると、番頭と目が合った。

この番頭は四十半ばくらいで、人の良さそうなふっくらした体つきで、体格の割には機敏に動く男だ。話し方にも優しさがあふれ出ていて、旦那と番頭、どちらも人柄が良いものだからこの店は繁盛していたのではないかと、辰吉は勝手に思っていた。

「すみません、皆さまが帰られてからでもよろしいですか。何しろ旦那は独り身だったので、私がお客さまの相手をしなくちゃなりませんので」

番頭が申し訳なさそうな顔で近づいてきて、頭を下げられた。

「はい、お気になさらずに」

辰吉はそう答えて、しばらく土間で待った。

辺りが薄暗くなり、行灯《あんどん》を点《とも》す頃になると他の客たちはもういなくなり、ようやく辰吉ひとりになった。

「旦那のことでございますね」

番頭が最後の客を店の外まで見送り、戻ってくると休む間もなく、すぐに辰吉に向かって話した。

すでに繁蔵に色々なことをきかれたりして、また同じ話をするのは面倒だろうと思うが、番頭は嫌気が差したような顔はしていない。

「ここで話をするのもなんですから」

番頭が店を閉めてから、客間に通した。

辰吉は番頭と向かい合って座った。見るからに値の張りそうな置物や掛け軸が飾ってあり、伊三郎が通人だったのだろうと思わせた。

世間話もそこそこに、

「旦那は誰かに恨まれるようなことはありませんよね」

と、話を切り出した。

「ご存知の通り、あの正直で優しい旦那でございます。悪口も聞いたことがありませんよ」

番頭は悲しそうな目をして言い、

「繁蔵親分は下手人が金目当ての殺しと言っていましたね。憎くてなりません」

と、口調は変わらなかったが、目には憎悪が漲《みなぎ》っていた。

辰吉は勘助が殺してはいないとは言わないでおいた。

他のことからきこうと口を開きかけた時、

「でも、旦那はその日財布を忘れていたんです。旦那が金をどれほど持っていたかわかりませんけど、そのまま持ち歩くならそんな大した額じゃないでしょう。たったちょっとの金のことで殺されたと思うと、余計に悔しくて、やるせないですね……」

番頭はしんみり言った。

「え、財布を？」

財布は勘助が持っていたとされている。

「財布はここにあったんですね」

「ええ、ちゃんと」

「今はどこにあるんですか」

「繁蔵親分が持って行きましたよ」

「持って行った？」

辰吉は血の気が引くような思いがして、

「皮財布ですか」

と、確かめた。

「はい、そうです」

番頭は、はっきりと頷いた。

その財布が勘助のところから出てきたのだ。

「おかしいですね。勘助が盗んだことになっているのですが」

辰吉は訝《いぶか》しむ目を欄間に向けた。そこにいるはずもない繁蔵の顔が浮かび上がって見えているような気がした。

「え？　私の勘違いでしょうか。でも、確かに」

番頭が言いかけた。

「いえ、勘違いじゃないかもしれません」

辰吉は言った。

「どういうことです？」

「ちょっとややこしいことなんですが……。それはともかく、旦那はなぜあの日箱崎に行っていたのでしょうか」

「さあ、何ででしょうね」

もしかしたら、繁蔵に会いに行ったのだろうか。

「本当に旦那は恨みを買っていなかったんですか？　たとえば、昔のこととかで」

辰吉が話題を変えた。

いくら仏のような人でも、全く恨まれないということはない。特に商いで成功している者なら、商売敵もいるはずだ。

「ないと思いますけど……、昔の旦那のことはよく知らないんです」

「よく知らない？」

「あまり多くを語ろうとはしませんでした。何か嫌な思い出があるのだろうと私も旦那の昔のことは触れないでおいたのですが」

「どこの生まれだとか、何をしていたとかもわからないんですか」

「ええ、全く……」

　番頭は首を横に振ったが、

「もしかしたら、旦那は若い頃に相当なやんちゃをしていたのかもしれません」

「やんちゃ？」

「実は旦那の左胸に大きな刀傷があったんです。喧嘩の痕じゃないですかね。ただ、旦那にはそのことはきけませんでしたけど」

　辰吉は顎に手を当てて、目を細めた。

『花田屋』の旦那の死体に刀傷があったというのは聞いていない。それも、繁蔵が隠していたのか。

　しかし、何故《なぜ》だろう。

　そんなこと、わざわざ隠す必要もないように思える。

　ただ、刀傷など滅多に付けるものではない。喧嘩でもそのようなものは付けられないはずだ。もし不意に襲われたとしたら、背中から斬られるはずだ。それとも、相手が後ろから斬りかかって来た時に、振り向いたのだろうか。

　いずれにしても、旦那の過去の怨恨《えんこん》と繋《つな》がっていて、繁蔵はそれをわからせないためにあえて言わなかったのだろうか。

「旦那の若い頃を知っている人はいないのですか」

昔のことを知っている人なら、わかるかもしれないと思った。

だが、番頭は首を横に振った。

「本当に誰も知らないんですかね……」

辰吉は訝しい目を宙に向け、独り言のように呟いた。

「そういえば、繁蔵親分とは昔から付き合いがあるようで、よく訪ねてこられましたね」

繁蔵はあちこちの商家に顔を出して、金を貰《もら》っているから、ここでもそうなのかもしれない。

(刀傷の商家の旦那か)

昔のことであれば、もしかしたら父の辰五郎が知っているかもしれない。辰吉は大富町に行こうと決めた。

実家に行くと、辰吉は居間で辰五郎を見かけた。ちょうど食事のあとなのか、爪楊《つまよう》枝《じ》を咥《くわ》えていて、脇には徳利《とっくり》と猪口《ちょこ》が置いてあった。

「親父、珍しいな」

普段、ひとりで酒など呑まない。

「ちょっとな。最近、考え事をする時に酒を呑むようになってな。それより、何の用だ」

辰五郎は徳利と猪口を遠ざけた。

辰吉は挨拶《あいさつ》もないまま目の前に座り、

「ききたいことがあるんだ」

「なんだ」

辰五郎が爪楊枝を離した。

「刀傷のある商家の旦那を知らないか」

「え、どうしてお前がそれを」

辰五郎は驚いたように声を上げた。

「どうしてって……。この間殺された『花田屋』の旦那がそうなんだ」

「なに、『花田屋』の旦那が？」

辰五郎はさらに大きな声を出した。

凜が廊下から顔を出し、

「どうしたの？」

と、小首を傾げる。

「いや、ちょっと」

辰五郎は何か考えるようにして、腕を組んだ。凜は辰五郎の近くに腰を下ろして、辰吉と辰五郎を交互に見ていた。

「実は長次っていう本郷一家にいた男が鉄太郎を殺したのは左胸に刀傷がある男だと言っているんだ。それで、勘助にその男を探させていたらしい。その矢先に、『花田屋』の旦那が殺されて、勘助が捕まったんだ」

辰五郎は淡々と言った。

「え、じゃあ……」

辰吉はどういうことかわからなくなっていった。

勘助が探していた男が、『花田屋』の旦那だった。もしや、それで殺したというのだろうか。

「勘助が長次に頼まれて殺したというのは考えられないよな」

辰吉は否定する気持ちで言った。

「もしそうだとしたら、わざわざ勘助のことを俺に言って来ないだろう」

「そうだな。でも、勘助が探していた男が『花田屋』の旦那ということに引っ掛かる」

「いや、もしかして……」

辰五郎は顔を引きつらせた。

「どうしたんだ」

辰吉は覗《のぞ》きこむようにしてきいた。

「今太郎が鉄太郎殺しの下手人を探している。『花田屋』の旦那がそうだとしたら、今太郎が何か知っているかもしれない」

「今太郎と言うと、鉄太郎の妾《めかけ》の子だな」

「そうだ。あいつは行方がわからなくなっている」

「まだ連絡がないのか」

辰吉は驚いてきいた。

「今太郎も左胸に刀傷があるということを長次から聞いていたんだ」

辰五郎はぽつんと言った。

「じゃあ、今太郎を探せば」

「でも、殺しまでしたなら、もう江戸にはいないかもしれねえ」

「今太郎っていうのは、どんな奴なんだ」

「お前と同じ年くらいで、胴長で色の白い男だ。あまり顔に特徴はないが、なぜか首筋を布で隠していたな」

辰吉はあっと思った。

日野で会った男の顔が脳裏を過った。

あの男は首筋に火傷の痕が見えた。それを隠していたとも考えられる。

「日野で会った男が今太郎かもしれねえ」

辰吉は低い声で言った。

考えれば考えるほど、辰吉はそのように思えてきた。あの男は何か訳があって江戸を離れたと言っていたし、名乗ることを嫌った。さらに、辰吉が忠次の下で働いていることを伝えると、顔を青ざめさせて日野に引き返した。

「親父、やっぱし日野の男が今太郎だ」

辰吉は決めつけるように言い、辰五郎に事情を説明した。

「そうかもしれねえな」

辰五郎は何か考えるように、そして暗い顔で言った。

「すぐにでも、日野に行かなきゃ」

辰吉は立ち上がった。

今から行けば明日の朝までには着く。辰吉は段々と核心に近づいているような気がした。今太郎を見つければ、勘助の無実が明かされるのだ。

四

空が薄暗く、日が昇る前だった。

辰吉は柴崎村の多摩川の渡し場にいた。

だが、まだ日野への渡し舟が出ていなかったので、ずっと上流まで行って橋を渡って、遠回りして対岸の日野までやって来た。

そこから、少し歩き、空が明るんできた頃に日野宿に辿り着いた。

昨日の夜、忠次に『花田屋』の旦那殺しは今太郎の仕業で、今太郎は日野にいるかもしれないことを伝えてきた。

ここのところ、長い距離を歩いているが、疲れはまったく感じなかった。ただ、足にはいくつも小さな傷があった。途中で追剥《おいはぎ》に出くわしたが、辰吉が軽くいなすと相手もそれ以上は何もして来なかった。

あれから、今太郎は日野に戻ったのだろうか。

甲州街道をもっと先に行っているかもしれない。一応、内藤新宿の話も出たから、ここに来る途中に内藤新宿でもきき回ってみたが、今太郎らしい男は見なかったという。

本陣を通り過ぎた。

数軒先の旅籠から奉公人風の男が出てくるのが見えた。箒を持って、店先の掃除をし始めた。辺りに他に人はいない。

辰吉はその奉公人に近づき、

「あの、お尋ねしますが、あっしと同じ年くらいで、首筋に火傷の痕がある江戸から来た男を知りませんか」

と、尋ねた。

「江戸から来た男って言っても、大抵の客は江戸から来ていますからねえ」

男は首を傾げた。

「いえ、客ではないかもしれません。こっちに十日ばかし前に来て、どこかで住み込みをして働いているとか」

「そういうことですか。うちにはいませんがね」

と、考えるように言葉を伸ばし、

「あ、そういえば、少し先にあるお蕎麦《そば》屋さんに新しい男の人が入ったみたいですよ。ちょうどあなたと同じ年くらいじゃないですかね」

男は指で示した。

遠目に新しそうな店が見えた。

「あの土蔵造りの店の先ですか」

「ええ、そうです」

男は頷いた。

「ありがとうございます」

辰吉は頭を下げて、そちらの方に向かった。店の前に立つと、朝早くなので当然暖《の》簾《れん》も出ていなかったが、中から何か打つような音が聞こえてきた。

辰吉は裏手に回り込み、

「朝早くにすみません」

と、勝手口の戸を叩《たた》いた。

すると、中の音が止《や》んで、勝手口に足音が近づいてきた。

「はい、何でしょう」

詰まったような声の中年の男が出てきた。

「あっしは江戸から来た岡っ引きの手下の辰吉という者です」

と、まず怪しまれないように名乗った。

「岡っ引きの？　何かありましたか」

男は驚いたようにきいた。

「はい、近ごろあっしと同じくらいの若い男を奉公人にしたと聞きまして」

「ああ、今助《いますけ》のことですか」

「今助？」

「ええ、大人しい奴でしてね。まだ馴染《なじ》んでいないのですが、一生懸命働く意欲はある奴です」

「今助はいまどこに？」

「多分、店の中の掃除をしているはずです。呼んできましょうか」

「ええ、お願いします。いや、上がらせてもらってもいいですか」

と、言い直した。

中年の男が呼びに行って、逃げられると困る。

「ええ、構いませんよ」

辰吉は台所に上がると、中年の男に誘われて廊下を進み、店の間へ行った。

雑巾《ぞうきん》を手にして、戸口を拭《ふ》いている男が見えた。首筋を布で隠しているようだった。

「今助、お前を訪ねてきた方がいる」

中年の男が言うと、今助が振り向いた。

「あっ」

今助は声を上げた。紛れもなく、この間助けた男だった。中年の男は気を利かせてか、その場を離れて行った。

「どうしてここに？」

今助がきいた。

「ちょっとききたいことがあるんだ。お前さんは今助と名乗っているらしいが本当の名前は何だ」

「……」

「お前さんは本当は今太郎じゃないのか」

辰吉が静かに言った。

「……」

相手は黙って俯いたまま、何も答えない。

「この間、俺が岡っ引きの手下だと言ったら、逃げるように去って行っただろう」

「いえ、そうじゃなくて」

やがて、蕎麦打ちの音が再び聞こえてきた。このままではいつまで経《た》っても相手は話しそうにない。

「今太郎」

辰吉が強い口調で呼んだ。

今太郎は顔をあげて、辰吉を見た。

やがて、今太郎は観念したように目を見開いて、

「ちょっと、ここで話は」

と、ばつの悪そうな顔をした。

「じゃあ、外に行くか」

「ええ」

今太郎は雑巾を軽く畳んで廊下の端に置き、店の戸を開けた。

「どうぞ」

今太郎が手のひらを上にして、外に行くように促している。

辰吉は顎で今太郎に先に行くように合図した。

今太郎は外に出た。辰吉は今太郎が逃げ出さないか注意しながら、後ろを付いて歩

いた。

表通りに出ると、冬の柔らかな陽差《ひざ》しが差していた。人通りはそれほど多くないのに路地から店の裏手に回った。

今太郎に逃げる様子は見受けられなかった。もっとも、今太郎が走り出したところで、辰吉は追い付く自信はある。

今太郎が立ち止まり、振り返った。目がおどおどとしていて、口元が微かに動いていた。何と言っているのか聞こえなかったが、自分を落ち着かせているように見えた。

「俺が何のことで来たのか、見当は付いているな」

辰吉が試すような目を向けた。

「あっしは何にも知りません」

今太郎が声を震わせて答えた。

「知らねえはずはない。『花田屋』の旦那のことだ」

辰吉は、はっきりと言った。

「……」

今太郎は目を僅《わず》かに逸らした。

「『花田屋』の旦那が箱崎で殺された」

「あっしはそんなこと知りません」

「お前は鉄太郎の妾の子なんだろう。俺の親父に全《すべ》て聞いた」

「え？」

「親父は辰五郎って言うんだ」

「あ……」

今太郎は唇を嚙《か》みしめ、複雑な顔をした。

「正直に言ってくれ」

辰吉は追い打ちをかけるように訴えた。

「お前は鉄之助という男に似ているということと、捨て子だと育ての父親に言われたことで、本当の父親を探そうとして、親父のところに頼みに行ったのだ。そしたら、ふた親のことがわかった。父の鉄太郎は殺されていると知り、誰が殺したのか探っていたのだろう。それで、下手人は左胸に刀傷があると長次から聞いた。『花田屋』の旦那にも左胸に刀傷がある。それで、鉄太郎を殺した下手人だとわかり、親の復讐《ふくしゅう》をしたんだな」

辰吉は鋭い声を投げかけた。

今太郎は答えないが、瞬《まばた》きをせずにずっと辰吉を見つめ、明らかに動揺しているのが見て取れる。

「お前が殺したんだろう」

辰吉はもう一度きいた。

「いえ、あっしは殺していません」

今太郎はそれでも否定する。

その姿を見て、みるみると腹立たしくなってきた。

「まだ、惚《とぼ》けるのか！」

辰吉は怒鳴りつけた。

今太郎は驚いたように顎を引き、一歩下がった。

辰吉は今太郎の胸ぐらを摑んだ。今太郎は抵抗しようとしたが、それは形だけだった。

「お前のせいで、勘助という男が罪もないのに捕まっているんだ。それを聞いても何とも思わないというのか」

辰吉は睨みつけながら今太郎を揺すった。

「あの勘助が……」

今太郎が小さい声を漏らした。

辰吉は手を放した。

「知っているんだな」

と、間を置いて、確かめた。

「はい」

今太郎は項垂《うなだ》れるように頷いた。

「勘助は親の危篤で八王子に帰っていた。その間に、殺しが起きていた。それにも拘《かかわ》らず、下手人にされたんだ」

辰吉は付け加えた。

「まさか、そんなことになっているとは」

今太郎は愕然《がくぜん》とした。

「もう一度きく。お前が殺したんだな」

はっきりと確かめた。

「殺すつもりはありませんでした」

今太郎はようやく殺しについて口を開いた。

「詳しく話してみろ」

辰吉は優しい口調に変えた。

「長次さんから、勘助さんが下手人を捜していて、もしかしたら何か手掛かりがわかるかもしれないと聞き、家を訪ねたんです。そしたら、勘助さんは『花田屋』の旦那の左胸に刀傷があるということを言っていました」

「それで、お前が『花田屋』に行って、鉄太郎殺しの下手人かどうか確かめたんだな」

「はい……」

「どうだったんだ」

「伊三郎は惚けていましたが、あの男が殺したに違いありません！」

今太郎が興奮気味に言った。

「どうして、そう言える？」

「あっしが伊三郎の後を付いて行ったんです。そしたら、箱崎橋辺りで不意に伊三郎が匕首を持って襲い掛かって来たんです。あっしはつまずいて尻《しり》もちを突きました。伊三郎が匕首を振りかざしたので、落ちていた石を拾い上げて投げつけました。石は伊三郎の頭に当たり、伊三郎がよろけました。その間にあっしは逃げようとしましたが、相手は再び襲い掛かってきました。あっしは欄干に追いつめられました。血を流した凄《すご》い形相で、勢いよく迫って来ました。あっしが寸前で身を避けた時に、伊三郎は勢い余って欄干から身を乗り出して川に落ちました。あっしは恐くなって、急いで逃げ出したんです」

今太郎が早口で語った。

「それで、ここまで逃げて来たのか」

「いえ、次の日の朝、繁蔵親分に捕まったんです」

「なに、捕まった？」

「どうして、お前の仕業だとわかったんだろう」

辰吉は考え込んだ。

「わかりません」

「繁蔵親分はお前のことを良く知っているのか」

辰吉はきいた。

「いえ、わかりません。あっしは初めて『花田屋』に行った時に店から出て来るところをすれ違ったんです。そしてそのあと、外で伊三郎と繁蔵親分が話している姿も見かけた時には、相手があっしに気づいて場所を変えました」

「場所を変えた？」

そういえば、『花田屋』の番頭が繁蔵がよく伊三郎に会いに来ていたと言っていた。他の店と同様に、ただ金目当てで顔を出すだけでなく、交友があったのだろうか。殺された場所も箱崎だし、伊三郎は繁蔵の所に行こうとしたのだろうか。

「なぜ繁蔵親分はお前を逃がしたのか」

「いえ、わかりません。あっしが伊三郎から襲われた時に向こうが誤って川に落ちたことを話すと、繁蔵親分はあっしの話を信じてくれたようでした。ただ、このままだとあっしが殺したことにされてしまうので、ほとぼりが冷めるまで江戸から離れるように言われたんです」

「繁蔵親分の指図だと？」

繁蔵はわざわざ今太郎を遠ざけたのだ。それにしても、何のためにそんなことをしたのだろう。『花田屋』が殺されたことで何か繁蔵に不利に働くことがあるのだろうか。それとも、今太郎が知っていることが繁蔵の触れられたくない何かなのか。

伊三郎の過去のことを知る者はおらず、繁蔵とだけは昔からの顔馴染みのようだと番頭は言っていた。

このふたりの過去が、今回の殺しに展開したのだろうか。

いずれにしても、『花田屋』の旦那の伊三郎が鉄太郎を殺したことには間違いなさそうだ。そうでなければ、今太郎に後をつけられて襲ってきたりなんかしない。

「お前は本当に伊三郎を殺すつもりじゃなかったんだな」

辰吉は確かめた。

「はい、あっしは鉄太郎殺しの真相が知りたかっただけなんです。復讐しようとかそんなこと思ったことありません」

今太郎は必死の顔をした。

「わかった。今回のことは繁蔵親分が絡んでいて色々と厄介だが、お前が認めてくればこの一件は落着する。お前は殺そうと思ったわけではないし、お白州《しらす》でも事情を汲《く》んでくれるはずだ。一緒に江戸に行くぞ」

辰吉は今太郎の肩に手を伸ばした。

「はい」

今太郎は素直に従った。

強い風が吹きつけて、樹々を揺らした。

ふと、空を見上げてみると、江戸の方には重たい雨雲が掛かっていた。なぜだか、これだけでは終わらないような不穏な胸騒ぎがしてならなかった。

繁蔵は今太郎を庇《かば》ったのだろうか、それとも勘助に罪をなすりつけたかったのだろうか。

辰吉はそのことに想《おも》いを馳《は》せながら、今太郎と共に江戸に向かった。

第四章 秘密

一

夕暮れてきて、一段と冷え込んできた。

辰吉が今太郎と四谷大木戸を過ぎると、江戸城が見えた。

やけに人通りが多く、ざわついた声が周囲に響き、熊手《くまで》を持っている者たちがちらほら見受けられた。

「そうか、酉《とり》の市か」

ようやく気が付いた。

この辺りだとどこの酉の市に行っているのだろう。浅草の鳳神社なのか。辰吉は今太郎のことで酉の市のことなど忘れていた。

「お前はお酉さまへはよく行くのか」

辰吉は半歩下って歩く今太郎にきいた。

「いえ、あっしはあまり」

今太郎は俯《うつむ》きながら答えた。

辰吉は少しでも慰めようと考えていた。何も下手人に気を遣うことはないが、今太郎の場合は殺そうと思っていたわけではないし、道中、常に反省の言葉を口にしているので可哀想《かわいそう》な気がしてきてならなかった。

「あ、そうだ。俺《おれ》は凜と約束があるんだった」

と、辰吉は急に思い出した。一の酉も一緒に行けず、二の酉でも約束を破ることになる。今から急げば間に合うだろうが、それどころではない。

今太郎の顔が強張《こわば》り始めた。手が微《かす》かに震えており、何かをこわがっているようだった。

「牢《ろう》に入るのが恐ろしいか」

辰吉は今太郎を横目で見ながらきいた。

「いえ、そうじゃありません。勘助さんのことを思って……。あっしが逃げ回っている間、牢の中で散々酷《ひど》い目に遭って来たのではないかと思うと、申し訳なくて」

今太郎は声を震わせた。

辰吉は今太郎をまじまじと見た。この男は心証をよくしようとしているのではなく、心からそう思っているのだと思う。

「お前さんは勘助とは一度会ったきりなんだろう」

辰吉は歩きながらきいた。

「はい。あの勘助さんから『花田屋』の旦那《だんな》の左胸に刀傷があったということを聞いたんです。あの人がいなければ、わからなかったと思います」

あの温厚で通っている伊三郎が人を殺していたなんて誰《だれ》も信じないだろう。

「辰吉さん」

今太郎は改まって、辰吉に呼びかけた。

「なんだ？」

辰吉はきき返した。

「勘助さんはちゃんと解き放たれますよね」

今太郎が不安な顔で確かめてきた。

「当たり前だ。勘助のことは万事、俺に任せておけ」

辰吉はしたり顔で言った。

しかし、内心では不安であった。あの繁蔵のことだから、そう簡単に勘助を解き放つとは思えない。伊三郎が誤って川に落ちたのを知っているのに今太郎を逃がして、勘助を下手人に仕立て上げたのだから、どんなことがあっても認めないだろう。

今太郎は暗い顔をしたままであった。

何か深く思い詰めているかのように、眉間《みけん》に皺《しわ》が寄って力んでいた。

「あっしが帰ったら繁蔵親分はどうなるのでしょうか。あっしを逃がして、代わりに違う下手人を捕まえたことで咎《とが》められるのでしょうね」

今太郎は気弱な声を出した。道中、ずっと繁蔵のことを情けをかけてくれた優しい親分と思い込んでいるようで、ずっと違和感があった。あえて否定はしなかったが、ここになって気持ちは変わった。

「繁蔵親分が勘助を下手人にでっち上げたんだ」

辰吉は強い口調で言った。

「え……。なぜそんなことをしたんでしょうか」

今太郎は戸惑うような顔をした。

「お前が捕まって事情を話せば、都合の悪いことがあるんだ」

辰吉はそれが何なのかわからないが、はっきりと言った。

「そうですか」

今太郎は続く言葉が出てこないようだった。

しばらくして、江戸城を赤坂の武家屋敷の方から回り、汐留川《しおどめがわ》に架かる新シ橋を渡った時に、「辰吉さん」と、今太郎が口を開いた。

「なんだ」

辰吉はきいた。

「辰五郎親分に裏切るような真似《まね》をしてしまってすまないとお詫《わ》びしたいんです」

今太郎は心苦しそうな顔をした。

「俺からお前がそう言っていたって話しておくよ」

「でも、お会いして、詫びないと」

「そうか、わかった。お前が大番屋に行く前に、親父《おやじ》に来させるよ」

辰吉はなだめるように今太郎に言い聞かせた。

それから、ふたりは京橋、日本橋の町々を通って歩いた。

通油町の『一柳』に着いたのは、六つ半（午後七時）頃《ごろ》だった。

今日は酉の市のせいか、この辺りも普段より賑《にぎ》やかだった。『一柳』でも二階の座敷から三味線《しゃみせん》の音が聞こえ、障子越《しょうじご》しに芸者の踊る姿が見えた。近くの料理茶屋からも賑やかな音が聞こえてきて、いくつかの座敷の音が交わっていた。

辰吉は今太郎を引き連れて勝手口から中に入った。

廊下を奥に進み、忠次の部屋の前で止まった。

「親分、今太郎を連れて来ました」

辰吉は、はっきりとした口調で言った。

「なに、今太郎を連れて来た？」

忠次は辰吉から目を滑らすようにして今太郎に顔を向けた。

まさか、本当に連れてくるとは思っていなかったのか、驚いた顔をしたあと、顔を引き締めて、

「よし、大番屋に連れて行くぞ」

と、厳しい口調で今太郎の二の腕を摑《つか》んだ。

「親分、待ってください。今太郎の言い分を」

辰吉は事情を説明しなければと、慌てて忠次の摑む手を優しく押さえるように手で制した。

「なんだ」

忠次が眉間に皺を寄せてきいた。

「今太郎は一度、繁蔵親分に捕まったそうなんです。でも、繁蔵親分はわざと逃がしたそうです」

「なに、繁蔵がそんなことを」

忠次は今太郎から手を放した。

「はい。それに、伊三郎を殺すつもりはなかったんです」

辰吉が付け加えた。

「どういうことだ。詳しく話してみろ」

忠次は部屋の中に戻り、火鉢の前に座った。

辰吉は今太郎の背中を押して部屋に入った。

「ここへ座れ」

忠次が目の前を指した。

「はい」

今太郎は首をすくめて、忠次の正面に正座した。

辰吉は少し後ろに座った。

「どういうことなんだ」

忠次が鋭い声で今太郎にきいた。

「実は伊三郎を付けていた時に、箱崎橋でいきなり……」

と、今太郎はその経緯《いきさつ》を話し出した。

「箱崎で伊三郎が襲ってきたというのか。それも、箱崎といえば繁蔵親分の縄張りだ……」

忠次は考え込むように、目を細めた。

おそらく、考えていることは辰吉と同じだと思った。

しばらく忠次も黙っていたが、

「疲れているだろうから、今夜はうちに泊まれ。明日、もう一度話を聞くから」

と、今太郎に言ってから、廊下に向かって手を叩《たた》いた。

すぐに番頭がやって来た。

「連れて行ってやれ」

「はい」

番頭は今太郎を引き連れて、部屋を出ようとした。

「おい、今太郎。もう逃げるんじゃねえぞ」

忠次が釘《くぎ》を刺すように言った。

「勘助さんのこともあるんで、もう逃げません」

今太郎はそう真面目《まじめ》な顔をして答えて、部屋を出た。

忠次とふたりきりになった。

　忠次は長火鉢の猫板に置いてあった煙管《きせる》を取り、引き出しから莨《たばこ》を取って火皿に詰めて、火を点《つ》けた。

　煙が渦巻きながら辰吉の方に漂ってきた。

　忠次が辰吉を細目で見た。

「親分」

　辰吉は少し前に出た。

「よくやってくれた」

　忠次が労《ねぎら》うように言った。

「これからが厄介ですね」

　辰吉は気持ちを引き締めたままだった。繁蔵の顔を思い浮かべると、背筋が凍りつくような思いになった。

「このまま今太郎を赤塚の旦那《だんな》のところへ連れて行っても、繁蔵親分がどう出るかだな」

「まあ、すんなり認めないでしょうね。繁蔵親分にとって、まずいことがあるから逃がしたに違いありません。だから、繁蔵親分は勘助を下手人に仕立てたんです」

「そうだな。今太郎が自分が殺《や》ったと名乗り出ても、繁蔵は勘助を庇《かば》うためにそう言っていると言い張るかもしれない。赤塚の旦那も頼りには出来ないからな」

「本当になんで赤塚の旦那は繁蔵親分の肩を持つんでしょうね」

「昔からだ」

忠次が腕を組んで考え込んだ。

「『花田屋』の旦那殺しのことで、繁蔵親分は何か触れられたくないことがあるのは間違いないでしょう。伊三郎の昔のことを知っている人はあまりいないようでしたが、繁蔵親分とは顔馴染《かおなじ》みのようです。そこに何か秘密があるのでは……」

辰吉は顔を曇らせて言った。

「秘密か……」

忠次は厳しい表情のまま、腕組みを解いて、煙管を吹かした。

「伊三郎の過去を調べる必要がありそうですね」

辰吉がそう言ったあと、

「で、今太郎のことですが、今赤塚の旦那のところに連れて行っても、繁蔵親分のせいでうまく言い含められてしまいます。しばらくここで匿《かくま》ったらどうですかね？　その間に、秘密を調べればいいんじゃないでしょうか」

と、考えを述べた。

忠次は黙ったまま、まじまじと辰吉を見ていた。

「どうしたんです？」

辰吉は気になった。

「いや、頼もしくなったと思って」

「頼もしくなった？」

「お前がそこまで考えて探索できるようになったことだ。辰五郎親分の面影が見えるようだ」

「そうですか」

辰吉は素っ気なく答えたが、心の中では笑みがこぼれるようであった。前までは偉大な父親と比べられるほどの器量はないと思っていたが、忠次の手下になって、色んな事件を解決するにつれて自分なりに自信も出てきたので、素直に受け入れられるようになった。

「昔の繁蔵親分のことなら、辰五郎親分にきいてみろ。何かわかるかもしれない」

忠次が莨に火を点けた。

「はい」

辰吉は答えた。

莨の煙がすっと天井に昇って行った。

辰吉は明日の朝、実家に行こうと決めて、『一柳』を後にした。

翌朝、雲が多く、かなり冷える日だった。道を歩くひとの足も自然と速くなる。辰吉が大富町の『日野屋』へ行くと、勝手口のところで背中を縮こまらせて手あぶりに当たっている凜に会った。

凜は辰吉を見るなり、怒っているのか、不貞腐《ふてくさ》れているのかわからない複雑な表情を向けた。

「何があったんだ」

辰吉は顔色を窺《うかが》った。

「兄さん捕り物ばっかりなんだもの。昔のお父《とっ》つあんに似てきていて嫌だわ」

凜が吐き捨てるように言った。

辰五郎が捕り物に夢中になったばかりに、母の死に目にも会えなかったことを未《いま》だによく思っていないのだ。

「そうか?」

辰吉ははぐらかすように言って、居間に向かった。

まだ話は終わっていないとばかりに、凜は後ろから付いて来た。

「そうよ。昨日も酉の市に来なかったのね」

と、声に怒りが滲《にじ》んでいた。

「日野に行っていたんだ」

「下手人を捕まえにでしょう？」

「まあな」

「毎年一緒に酉の市に行っているのに……」

凜は不貞腐れたように言った。

「仕方ないだろう」とは辰吉は言わなかった。言い訳をすると、相手もむきになって言い返してくる。辰吉がいくら理屈で言っても、凜は感情で物事を計るので、辰吉は手に負えないと思い、相手に寄りそうようにした。

「この件が終われば、落ち着くことが出来るんだ」

辰吉は慰めるように言った。

凜は納得できないように言った。

「でも、長引くんじゃないの」

辰吉は何も答えず、凜を横目で見てから居間に入った。

そこにいると思っていた辰五郎はいなかった。

「あれ？　親父は？」

辰吉はきいた。

「散歩するって出掛けたわ」

凜は無表情で言った。

「先に言ってくれればいいのに」

「だって、兄さんお父つあんを訪ねてきたって言わなかったじゃない」

「そりゃ、そうだが」

その時、勝手口の戸が開く音がした。

「お父つあんが帰って来たかも」

凜がその方を向いた。

廊下の軋《きし》む足音が居間に近づいてきた。やがて、難しそうな顔をした辰五郎が現れた。

「親父」

辰吉は辰五郎が入ってくるなり声を掛けた。

「来ていたのか、それより今太郎はどうなった」

辰五郎は寒かったのか、手を擦《こす》りながら火鉢にかじりつくように当たった。

「ちゃんと捕まえた」

「なに、よくやったな」

「今太郎に殺すつもりはなかった。伊三郎は誤って川に落ちたそうだ」

辰吉は今太郎から聞いたことを話した。

辰五郎は目を驚いたように開き、

「今太郎はどこにいるんだ？」

と、きいた。

「忠次親分の家だ。今太郎をしばらく取り調べてから、赤塚の旦那のところへ行くと言っていた。あと、今太郎は親父に謝りたいって言っていた」

辰吉は今太郎の気持ちを伝えた。

「そうか今太郎が。俺もあいつに会いたい。いきなりいなくなった理由を本人の口から聞いてみたい。何しろ、俺に相談しに来たっきりなんだから」

辰五郎は複雑な顔をした。

「今太郎のことなんだが、どうやら繁蔵親分が一度今太郎を捕まえていて、逃がしたみたいなんだ」

辰吉はその横に腰を下ろし、事情を説明した。

「繁蔵が逃がした？」

辰五郎は厳しい目つきになった。

「逃がしたわけを調べているんだ。それで、繁蔵親分の若い頃のことをききたいんだ」

辰吉は改まった顔できいた。

「その前に、親父は『花田屋』の伊三郎の若い頃のことは知らないんだな」

「知らない」

辰五郎が首を横に振った。

「繁蔵親分と昔からの顔馴染みのようなんだ」

「なに、繁蔵と？」

辰五郎は驚いたように、声を上げた。

「どんな関係なのかは番頭も知らなかった。ただ、繁蔵親分が頻繁に『花田屋』に姿を現していたみたいだし、今太郎は繁蔵親分と伊三郎が外で立ち話をしているのを見たそうだ」

「かなり親しそうなのか」

「さあ、どういう関係かはわからないが、『花田屋』を開いた頃にはもう顔馴染みだったようだ」

「ひょっとすると、繁蔵は伊三郎の弱みを握っていて、未だに強請《ゆす》っていたんじゃないか」

辰五郎が思いついたように言った。

「そうかもしれない。どうして、伊三郎が鉄太郎を殺したことを知っているのだろうか」

「繁蔵が知っているとしたら、後ろ暗いところがある者だろう。鉄太郎を殺すくらいだから、伊三郎は元は堅気ではなかったのかもしれないな。よし、その頃のならず者たちを当たってみよう」

「そうしてくれると助かる」

辰吉が礼を述べた。

すると、凜が横から「お父つあん」と鋭い声で割り込んできた。

「なんだ」

辰五郎が凜に向いた。

「もう引退したんだから、あまり捕り物とは関《かか》わらないでよね。お父つあんの身に何かあったらどうするの」

凜が厳しい声で叱《しか》りつけるように言った。

「大丈夫だ。俺はただ昔の話を聞いて回るだけだ」

「それならいいけど……。それに、兄さんもお父つぁんを振り回さないでよね」

と、辰吉をきつい目で見た。

「わかったよ」

辰吉は面倒くさくなって適当に答え、辰五郎と目を合わせて苦笑いした。

凜は隣でふくれっ面をしている。

「じゃあ、親父頼むよ。俺も色々きき込んでみる」

辰吉は意気込んで『日野屋』を出た。

二

からっとした気持ちのいい晴れた天気になったが、雲がぽつぽつとあり、北風も冷たく吹いていた。

『一柳』の枯れ木の枝が風に揺られている。

昼時、辰五郎は『一柳』の裏口を入った。

ここに来るまで、古い知人を巡りながら『花田屋』の旦那の伊三郎のことをきいてみた。知人と言っても、昔世話をしたやくざ者だが、中には長次のように足を洗って堅気に戻っている者も、未だにやくざな暮らしをしている者もいる。

皆、久しぶりに辰五郎が現れたことに驚きはしていたものの、嫌がる様子はなく、昔話を嬉々《きき》として話してくれた。だが、伊三郎のことを知っている者は誰一人としていなかった。

「どうも、親分」

若い奉公人が勝手口を入ったところにいた。

「忠次はいるか」

辰五郎はきいた。

「はい、奥に」

と、忠次のいる部屋まで案内してくれた。障子は開けられており、忠次は今太郎と向かい合って話していた。部屋の外にまで堅苦しい空気が流れていた。

辰五郎は咳払《せきばら》いをして、部屋に入った。

「あ、辰五郎親分」

忠次が気づいて腰を上げ、今太郎がばつのわるそうな顔をして振り返った。

「申し訳ございません」

辰五郎が何も言う前に、今太郎が額を畳につけて謝った。

「顔を上げろ。叱りに来たわけじゃねえ」

辰五郎はそう言って、障子の近くにあぐらをかいて座った。今太郎はしばらく頭を下げたままであったが、「いいから」と辰五郎が促すとようやく頭を上げた。

その間に女中が茶を持って来て、辰五郎の脇《わき》に置いた。辰五郎は茶を一口飲み、忠次に顔を向けた。

「まだ赤塚の旦那のところへ行っていなかったんだな」

「ええ、もうちょっと今太郎の話を聞こうと思いまして」

「その方がいい」

辰五郎は頷《うなず》いた。辰吉から今太郎は繁蔵のことを悪く思っておらず、むしろ自分のせいで咎《とが》められるのではないかと心配していると聞いている。今太郎に色々と繁蔵のことを言っても意味がないと思っていた。

「忠次、ちょっとだけ今太郎に話をきいてもいいか」

辰五郎はきいた。

「ええ、もちろんでございます」

忠次は快く頷き、手のひらで進めるような仕草をした。

辰五郎は今太郎に体を向けて、

「お前が知っていることを教えてもらいたい。伊三郎に襲われたそうだが、そのことを詳しく話してみろ」

辰五郎は静かにきいた。

「はい」

今太郎は頷いてから話し始めた。

「あっしはまず、伊三郎が鉄太郎殺しの下手人かどうか確かめようとしました。左胸の刀傷を見るまでは鉄太郎殺しの下手人だと決めつけられなかったのです」

今太郎が一気に言った。

「日本橋駿河町の薬屋に来て薬を求めたくらいですから、まだ痛みがあるのだと思い、知り合いの薬の行商人を世話する名目で一緒に行きました。薬の行商人がどこかお怪《け》我《が》をしていませんかとききました。すると、向こうは昔に付けられた傷が最近になって痛み出したと言ったので、薬の行商人は傷を見せるように言いました」

「そしたら？」

「どうしても見なければ駄目かと渋りまして……。でも、最後には仕方なしに片肌を脱ぎました」

今太郎は間を置いて、

「左胸に刀傷がありました」

と、強調するように言った。

「それから、あっしは旦那にこの傷はどうしたのですかと尋ねました」

「何と答えた？」

「昔、神田明神の石段から転げ落ちた時に、木の枝に引っ掛かって怪我したのだと弁明していました」

「木の枝か。そんな傷には見えなかったか」

「ええ、もっと深い傷痕《きずあと》でした」

「それで、伊三郎を下手人だと決めつけたのか」

辰五郎が今太郎を改めて見た。

「いえ、まだあります。旦那の年齢をきいたのです。そしたら、四十五と答えていました」

「俺と歳《とし》は近いんだな」

「それから、世間話程度に昔からこの商売をしていたのかなど聞きました。相手の言っていることは嘘《うそ》かもしれませんが、この商売は十五年くらい前に始めて、以前は畳職人をしていたと言っていました。ただ、手を怪我したことで職人を辞めざるを得なくなったとのことです」

「手を怪我した？」

「はい。でも、それはどうやら本当のようです。日常の暮らしではあまり感じないそうですが、重いものなどを左手で持つことが難しいようでした」

「それはもしや、鉄太郎を殺した時に斬《き》られた傷が残ったものなのか」

「そうかもしれないと思いました」

今太郎がきりっとした目をして言った。

「それから、お前はどうしたんだ」

「あっしは思い切って、もしや刀傷なのではないですかときいたんです。そしたら、伊三郎の顔がいきなり強張りました」

と、重たい口調になった。

「それで？」

「さらに、本郷一家の鉄太郎のことを知らないかと切り出したんです」

今太郎の言葉に熱が帯びていた。

「伊三郎は何と言ったんだ」

辰五郎は思わず体を乗り出した。

「はい。帰ってくれと声を荒らげました。でも、あっしは伊三郎に進み寄り、この刀傷は鉄太郎を襲った時に付けられた傷だろうと決めつけました」

辰五郎は瞬《まばた》きもせずに聞いていた。

隣にいる忠次も膝《ひざ》を乗り出していた。

今太郎は一息置いてから、また話し出した。

「自分が鉄太郎の倅《せがれ》だと名乗りました。そして、父親は誰に殺されたのか知りたいと思って来たと言いました。相手は否定し、あっしは追い出されました。翌日、あっしは伊三郎の後を付けました」

「気づかれなかったのか」

忠次が口を挟んだ。

「気づかれました。道端で繁蔵親分と話しているのを見かけた時です。繁蔵親分が気づいて、伊三郎に教えると、ふたりはそそくさと別れて行きました。その次の日の夜に伊三郎が箱崎に向かっているところを付けていると、いきなり襲いかかってきたんです」

「すると、伊三郎は繁蔵を訪ねようとしたとも考えられるな」

辰五郎は腕を組んで、考え出した。

「でも、何のために訪ねたのか見当もつきません」

今太郎があやふやな顔をした。

しかし、辰五郎には伊三郎と繁蔵が結託をして、今太郎を殺そうとしたのではないかと思えてならなかった。箱崎であれば、繁蔵の縄張りであるので、自分の思い通りに出来る。

辰五郎は忠次をちらっと見た。

すると、忠次も辰五郎の考えを察したのか、軽く頷いて意味ありげな目を向けてきた。

「それで終わりか」

辰五郎がきいた。

「ええ」

今太郎は頷いた。

辰五郎は繁蔵が鉄太郎殺しにも何か関わっているのではないかという疑いを持ちな

がら、『一柳』を後にした。

辰五郎は『一柳』を出てすぐに、高砂町の『花田屋』へ行った。

『花田屋』は伊三郎が亡くなったあと、番頭だった男が店を継いでいる。

伊三郎と繁蔵の繫《つな》がりを示す手掛かりを今太郎から聞きだせなかったが、何か強い結びつきがあるのではないかという思いは強まった。

『花田屋』に入ると、客はいなかった。

今は主人となっているが、元の番頭が店の間の奥の方で三味線のばちや弦を片付けていた。

辰五郎が声を掛ける前に、番頭が気配に気づいたようで振り返った。番頭と目が合うと、小太りの体を機敏に動かして駆け寄って来た。

「親分、これは」

「何度もすまねえ。もう一度ききたいことがあるんだ」

「ええ、何でも遠慮なくおききください」

元番頭の主人は愛想のよい笑顔で言った。

「お前さんは、昔の旦那のことはわからないって言っていたな」

「そうなんです。殆《ほとん》ど教えてくれなかったんですよ」

「お前さんはどういう訳でここで働くことになったんだ」

「紹介してもらったんです」

元番頭の主人は即座に答えた。

「口入屋か？」

二十年も経ってしまえば、今はもうないかもしれない。辰五郎は半ば期待しないできいた。

「いえ、南八丁堀《みなみはっちょうぼり》の市蔵《いちぞう》さんです」

「なに、市蔵さんか」

「親分もご存知ですか」

「ああ」

市蔵は南八丁堀の名主で、今年八十になる。『日野屋』のある大富町という町が出来たのも、市蔵の尽力があってのことだった。

「市蔵さんとはまだ会うことがあるか」

辰五郎はきいた。

「ええ、時たま碁のお相手を」

「そうか。じゃあ、お前さんのことを言えばわかるな」

「はい、市蔵さんの力添えで私がこの店を引き継ぐことになりましたので」

辰五郎はそれだけ聞くと、『花田屋』を出て、南八丁堀に足を向けた。

市蔵は南八丁堀三丁目、彦根《ひこね》藩下屋敷の向かいに庭付きの二階家の住まいを構えている。表門は下屋敷には向いておらず、八丁堀にかかる中ノ橋《なかのはし》を通る道に面している。裏門はいつも閉ざして使っておらず、辰五郎は立派な表門をくぐった。正面に母屋があり、右手には別棟があるが、ここも誰も使っていないそうで、市蔵が集めた刀剣や茶器などを飾っており、そういうものに詳しい者に管理をさせている。

母屋の戸を開けて、広い土間に入った。

「市蔵さん」

と、声を掛けてみると、中から三十くらいの優しい顔をした大柄の奉公人が出てきた。

「辰五郎親分、旦那さまはいま庭に」

奉公人が後ろを振り向き、

「呼んできましょうか」

と、体を庭の方に向けた。

「いや、俺が行くから平気だ」

辰五郎は一度母屋を出て、裏庭の方に回ってみた。

市蔵は庭いじりが好きなようで、しょっちゅういじっている。

裏庭に行くと、市蔵は桶《おけ》と柄杓《ひしゃく》を持ち庭の植え込みに水を撒《ま》いていた。八十というのに、背中も真っすぐに伸びていて、後ろ姿だけ見れば、二十も三十も若い。

「市蔵さん」

辰五郎は呼びかけた。

市蔵は振り向き、笑顔を見せた。白髪だが、顔に皺《しわ》も少なく、張りがあった。

「親分じゃないか」

市蔵は桶に柄杓を入れて、足元に置いた。

長く伸びた白い顎鬚《あごひげ》が以前に会った時よりも伸びているような気がした。もう一年くらいは会っていない。

「御無沙汰《ごぶさた》をしております」

辰五郎は頭を下げた。

「近くに住んでいながら、しばらく顔を合わせなかったたな。その割に誰か困っているひとがいれば、お前さんのところに行くように言っておいたから、随分と面倒なことをさせてしまったな」

市蔵は顎鬚をいじりながら苦笑いした。

「いえ、とんでもございません」

辰五郎は首を大きく横に振り、

「ちょっと、おききしたいことがありまして」

と、さっそく本題に入ろうとした。

「昔の話じゃないとわからんよ」

市蔵は桶を持ちながら縁側に向かい、腰を下ろした。

辰五郎も市蔵の隣に座った。

「茶を持ってこさせよう」

「いえ、御気遣いなく」

「近頃、わしは喉《のど》が渇いて仕方がないんじゃ」

市蔵は家の中に向かって手を叩き、

「お茶をふたつ持ってきておくれ」

と、手を叩いた。

「はい」

すぐにさっきの大柄の奉公人が茶を淹《い》れてやって来て、ふたりの横に置いた。

市蔵は茶を一口啜《すす》ってから、辰五郎の方を向いた。

「ここのところ、忙しくてな。少し体調を崩したようだ」

「大丈夫ですか」

「ああ、何とか。もう年だから無理をしちゃいかんな」

「何かあれば奉公人を使ってあっしに知らせてくれたら、何でもお手伝いに参りましたのに」

「そうかい。じゃあ、次からはそうしよう」

市蔵はゆっくりと声を立てながら笑った。

「市蔵さん、『花田屋』の旦那の伊三郎が殺されたことは知っていますか」

辰五郎はきいた。

「ああ、聞いている」

市蔵は急に暗い目をして、

「金目当ての仕業と聞いたが」

と、足元に視線を落とした。

「いえ、実は違うようなんです」

「なに、違う？」

市蔵がしゃがれた声できき返した。

「下手人とされたのは勘助という植木職人なんですが、実は伊三郎は棒手振りの男を襲った際に、誤って川へ落ちて死んだんです」

「でも、どうして町方はその勘助とやらを捕まえたんだ」

「どうやら、繁蔵が一度今太郎を捕まえたのに、どういうわけか逃がしているんです」

「繁蔵か……」

市蔵は顔をしかめた。繁蔵とは辰五郎と同じくらいに出会っているはずであるが、馬が合わないのかあまり良く思っていないようだった。それに、繁蔵の強引な探索のやり口を知っており、不満を口にしたこともあった。

「何か知られたらまずい秘密があるんだと思うんです。ちなみに、今太郎は本郷一家の鉄太郎という親分と妾《めかけ》の子です。色々と因縁《いんねん》がありまして……」

辰五郎は、今太郎が捨て子で自分の親を探しているというところから、繁蔵が何か事情があって今太郎を江戸から離れさせて、他の者を下手人に仕立て上げたこと、日野宿に隠れていたが昨日江戸に連れてこられたということまで、事細かに説明した。

市蔵は表情を変えず、ただじっと辰五郎の目を見て聞いていた。

「伊三郎の過去を知る者が殆どいないんです。繁蔵が昔からの顔馴染みだそうですが、どんな関係かはわかりません」

辰五郎は顔をしかめた。

「これは言わないようにしていたが、伊三郎に店を持たせてやったのはわしなんだ」

市蔵が言いにくそうに言った。

「え、あなたが？」

辰五郎が驚いて声を上げた。

「先代の赤塚の旦那に頼まれたんだ」

市蔵は苦い顔をして答えた。

「先代に……」

辰五郎はさらに驚いた。先代の赤塚が伊三郎と関係があるということは、赤塚は鉄太郎殺しの下手人だと知っていたのだろうか。あの事件は赤塚が受け持っていた。辰五郎は調べようとしたが、先代の赤塚は止《や》めさせ、繁蔵に任せた。

繁蔵はそこで下手人の伊三郎と出会っているのだろうか。

赤塚と伊三郎の関係は、ふたつ考えられる。

ひとつは、先代の赤塚が伊三郎を下手人だと知らずにそのまま付き合っていたということだ。

そして、もうひとつは伊三郎と知り合いなので、庇《かば》うために繁蔵に任せて下手人がわからないまま調べを終えさせた。

どちらも考えられないことでもないが、正義感の強かった先代の赤塚がまさか伊三郎を庇うようなことがあるのだろうかと思った。

「伊三郎は元々、何をしていた者なんですかね」

辰五郎が探るような目つきできいた。

「それが、まったくわからなかったんだ。もしかしたら、先代が捕らえた者じゃないかとも思ったんだ」

「捕らえた者？」

「たまにあったんだ。捕まえたけど、牢に送るほどの者ではない者をわしのところに寄越《よこ》して、どこか働き口でも見つけてやって欲しいとな。もちろん、変な者たちを頼んで来ることはなく、やむにやまれぬ事情があって罪を犯してしまった者だけだった。まあ、わしもそのところを汲んでいたから、野暮なことはきかなかったがな」

市蔵はそう言うと、茶を飲んだ。

いかにも、先代の赤塚らしいと思った。そういう情けをかけるところが好きで、辰五郎も慕っていた。

伊三郎が何か罪を犯して、繁蔵が受け持った事件であれば、辰五郎が知らなくてもおかしな話ではない。

繁蔵と伊三郎の関係も納得は出来る。

ただ、そうだとしても疑問は残る。やはり、先代の赤塚は伊三郎の素性を知っていて、付き合っていたのだろうか。

あの先代の赤塚がそんなことをするだろうか。

辰五郎の眉間には自然と皺が寄っていた。

茶を飲み終えた市蔵が辰五郎の顔を覗《のぞ》き込むようにして見た。

「当時の伊三郎はどのような様子でしたか」

辰五郎がきいた。

「そうだな……。まだ垢《あか》ぬけない感じがしたな。江戸に出てきたばかりというよりも、ちゃんとした格好が合っていなかったというか。羽織も持っていないようだったな。

そうそう、住まいを聞いたら、下谷山崎町《したやまざきちょう》と言っていたっけ」

市蔵は思い出すように言った。

下谷山崎町といえば、四谷鮫《さめ》ヶ橋《はし》、芝新網町《しばしんあみちょう》と並ぶ江戸の貧民窟《ひんみんくつ》だ。

辰五郎も山崎町に住んでいた者を何人も捕まえたことがある。

皆、罪を犯すのは貧しさからだった。盗人《ぬすっと》であったり、人殺しであったり、様々であった。その中に伊三郎もいたというのだろうか。

あの辺りは確かに、色々な者が入り込んで来るし、まともに働いていない者や、罪を犯した者たちも転がり込んできて、どういう者が住んでいるのか把握出来ていなかった。

辰五郎は生前の伊三郎の顔を思い出した。あまり深く付き合ったことがなかったが、いかにも人の良さそうな感じの裕福が板に付いたような男であった。

あの男がそんなところの出身だというのか。人は見かけだけではわからないものだと思った。

ふと、下谷町二丁目の小次郎を思い出した。

本郷一家にも下谷山崎町の者はいただろう。どうせ、同じ方面だ。小次郎にきこうと思った。

三

辰五郎は南八丁堀から八丁堀の組屋敷を通った。

その途中、忠次の姿を見た。

辰五郎は忠次に近づき、

「これから赤塚の旦那のところへ行くのか」

と、声を掛けた。

「いえ、もう行ってきました。伊三郎殺しで、勘助が下手人ではないとしたらときいてみたのですが、勘助に違いないと一点張りで……」

忠次は困ったような顔をして答えた。

「どうするつもりなんだ」

辰五郎はきいた。

「とりあえず、今太郎はあっしの家に置いておきます。辰吉が色々と調べてくれているので、伊三郎と繁蔵の関係でもわかればいいのですが」

「そうか。俺も辰吉と話をしていて、同じことを調べている。今、市蔵さんのところへ行ってきて、『花田屋』は市蔵さんが店を持たせてやったと聞いたんだ」

「えっ、市蔵さんが」

「それも、先代の赤塚の旦那に頼まれたそうだ」

「……」

忠次は目を見開いたまま、何か考えている風だった。

「伊三郎がどうやら下谷山崎町の出だそうで、これから小次郎に話をききに行くんだ」

辰五郎は黙っている忠次に向かって言った。

「また何かわかったら教えてください。あっしも先代のことを調べてみます」

忠次が意気込むように言った。

辰五郎は途中まで忠次と一緒に行き、大伝馬町で別れて、そこからは神田の町々を抜け、筋違御門《すじかいごもん》から御成街道《おなりかいどう》を通って下谷町二丁目の仏具屋『一善堂』へ行った。

中に入ると、相変わらず客はいなかったが、売約済みという札が貼《は》られている仏壇がいくつかあった。

店の中を見渡すと、奥の方で小僧が仏壇を布巾《ふきん》で丁寧に拭《ふ》いていた。辰五郎を見るなり小次郎を呼んできてくれた。

辰五郎は店の間のすぐ隣の客間に通された。

外は晴れているのに光が差し込まず、寒くて薄暗かった。

辰五郎は小次郎と向かい合って座り、

「『花田屋』の伊三郎を知っているか」

と、きいた。

「ええ、お名前だけは。この間殺されたそうで」

小次郎は渋い顔をした。

「あいつが鉄太郎殺しの下手人だ」

辰五郎はこの男には言ってもいいだろうと思った。最後の方は仲違《なかたが》いしていたそうだが、鉄太郎の右腕だった者である。

「そうなんですか……」

小次郎は考え込むように遠い目をした。何か考えているというよりも、つくづく感じているような目つきであった。

「案外冷静だな」

辰五郎は意外に思ったので口にした。

「ええ、あの当時、鉄太郎親分が誰に殺されようと不思議ではなかったですから。

『花田屋』の旦那というのは、親分とどういう関係だったんでしょうか」

小次郎がきいた。

「いや、それがわからないんだ。ただ、下谷山崎町の生まれだそうだ」

「山崎町、うちにも何人もいましたね。貧しさゆえに悪い道に走るのが多いですから。それに私も山崎町の生まれなんです」

小次郎は顔を引きつらせて言った。

嫌な思い出なのか、苦い顔をして小さくため息をついた。

「なに、お前もか」

「ですが、山崎町に住んでいたのは十歳くらいまでで、それからはこの辺りに引っ越しました」

小次郎は煙管を取り出して、莨を詰めた。

辰五郎にも莨を差し出して勧めてきたが、最近は凜にあまり吸わないように止められているので、煙管自体を持ってきていなかった。

「伊三郎の名を聞いたことはないか」

辰五郎は莨を押し戻しながらきいた。

「さあ、何せ小さい時しかわからないですからね。伊三郎と言っても……、名前は伊三郎のままなんですかね」

　小次郎が煙を天井に吹きかけた。

「それもわからない。変えていることは十分に考えられるな」

「他に何か特徴のようなものがあれば、色々きいてまわることは出来ますが……」

　あまり昔のことと関わりたくないという感じが、小次郎からにじみ出ていた。

「左胸の刀傷があったが、それはずっと後のことだからな。これと言って特徴もないな。ただ、殺しをするくらいだから、それ以前にも何か罪を犯して捕まっているかもしれない」

　辰五郎が顎に手を遣《や》った。

「あの辺りの者はそういうのばっかりです。せめて、どんなことで捕まったのかでもわかれば」

　小次郎が首を傾《かし》げた。

　まず、殺しや放火であれば島流しか死刑になるから、もっと軽い罪だろう。

「そうすると、盗みになるか」

　辰五郎は、ぽつんと言った。

「盗みですね」

「いや、わからない。ただ、それほど大きな罪ではないはずだ」

辰五郎が言った。

外から「屑《くず》ぃ、屑ぃ」という掛け声が聞こえてきた。

「あ、あの声は」

小次郎が閃《ひらめ》いたように言った。

「どうしたんだ」

辰五郎はきいた。

「あの屑屋も山崎町の者なんです。ちょっと、連れて来ましょう」

小次郎は小僧を呼び、屑屋を連れてくるように指示した。

しばらくして、小僧が細目の四十過ぎの男を連れてやって来た。貧相な身なりで、十一月の寒い季節だというのに着物に綿が入っておらず薄っぺらかった。

「旦那さま、どんなご用で」

屑屋はびくびくしながら声を出した。

「お前さんは確か山崎町の生まれだな」

小次郎が確かめた。

「ええ、そうですが」

屑屋はそう答え、辰五郎に目を移した。

「わざわざすまねえな。俺の方が話があるんだ」

辰五郎が言った。

細目の男は頭を下げた。

「二十年以上前の話だが、山崎町に伊三郎という男は住んでいなかったか」

辰五郎が単刀直入にきいた。

「伊三郎、伊三郎……」

屑屋は何度かその名前を口ずさみながら、

「あ、伊三郎ならあっしが五歳くらいの時に親子三人で近くに引っ越してきた者だと思います。山崎町はご存知の通り、ぼろ長屋で、普通の長屋より遥《はる》かに狭い所にぎっしりと人が住んでいて、皆食うや食わずの暮らしをして、食事と言ってもお屋敷で出た残飯のようなものです。誰も隣の人に構っちゃいませんから、覚えている者はあまりいないと思います。伊三郎という男はあっしよりも五つくらい上だったんで、引っ越してきたのが十歳くらいでしたか。父親は何かの病だったようでずっと床に伏せっていて、母親が針仕事をして食べさせているような一家でした。伊三郎は無口でしたが、隣に住んでいたので自然と喋《しゃべ》るようになりました。伊三郎は誰とも仲良くしていなかったのですが、ある時、一緒に商家へ盗みに入らないかと誘ってきたんです」

「盗みだと?」

「ええ、元々こんな暮らしをするはずではなかったと嘆いているのを何度か耳にしたので、どういう手段を使ってでも金を欲しかったのでしょう。あっしは断りましたが、その後すぐに伊三郎は捕まっていました」

「誰が捕まえたかわかるか」

「そこまでは……。ただ、捕まったはずなのに、すぐに戻ってきたんです。そして、それから間もなく母親と病気の父親を連れて、引っ越しました。どこで金を手に入れたのかは定かではないんですが」

男は首を傾げた。

「どこに引っ越したか知っているか」

「さあ、どこなんでしょうね」

「そうか」

どこに引っ越していても良かった。ただ、伊三郎を捕まえて、金を渡して逃がしたのは繁蔵じゃないかと思った。

それから、色々と屑屋にきいたが、何も得るものはなかった。

辰五郎は礼を言って、下谷町二丁目を後にした。

雲が少なくなってきて、晴れてきた。

風もそれほど強くなく、寒いのには変わりないが、ここ数日の寒さに比べたら和らいでいて、散歩でもしてみたくなった。

御成街道を進み、安房勝山藩《あわかつやま》と村松藩《むらまつ》の上屋敷の間の道を右に曲がった。

そのまま道なりに進み、岩村田藩《いわむらだ》の上屋敷の前を左に折れた。

ふと、誰かに付けられているような気がして、振り返ってみた。

怪しい人影はない。

気のせいかと思い再び歩き始めて、神田同朋町に入ったがやはり後ろに気配がする。

それに、わずかな音であったが、自分と歩調を合わせるような足音も聞こえた。

もう一度振り返った。

それでも、相手は姿を現さなかった。

捕り物を止めてから、誰かに付けられるようなことはめっきりないので、気のせいなのかと考えた。

いつしか、辰五郎は神田明神下まで来ていた。

そういえば、今太郎が伊三郎にその左胸の刀傷はどうしたのか問いただしたら、神田明神の石段で転んだ時に木の枝が引っ掛かったと答えたと言っていたのを思い出した。

本当にそんなことがあるのだろうか。今まで左胸の刀傷を頼りに伊三郎が鉄太郎殺しの下手人として調べてきたけれど、もしそれが違っていたら……。

いや、そんなはずはない。

今太郎が箱崎で伊三郎に襲われたのだ。伊三郎も昔のことが知られたとわかり、今太郎を殺そうとしたのだろう。

そんなことを考えていると、足は自然と鳥居をくぐり、境内《けいだい》に入っていた。

辰五郎はせっかく来たことだし、本殿に向かい、辰吉と凜の健康を祈って賽銭《さいせん》を投げて二礼二拍手一礼をした。

帰り道、神田明神の裏の方に回ってみた。裏参道は急な石段があり、ここから伊三郎が落ちたと言っているのだろうと思った。

(これであれば落ちて木の枝に引っ掛かったら痛いだろうな)

そう思って覗き込んでいると、後ろから勢いよく走ってくる足音がした。

辰五郎は振り返ろうとした。

背中に強い衝撃を受けて、足元を崩した。

体が前のめりになり、手をつくところがないので、頭から転げ落ちた。

その間、今太郎が訪ねてきてから、今までのことがまるで走馬灯のように流れた。

今太郎、鉄太郎、先代の赤塚の顔が浮かんだ。

辰五郎は気が付くと、木の枝を摑んで体を支えたので、下まで落ちずに済んでいた。

辰五郎が立ち上がると、誰かが逃げていく姿が見えた。

「おやっさん、大丈夫ですかい」

後ろから声を掛けられた。

振り向くと、若い職人風の男だった。

「脇のところが裂けてますぜ」

男は顔をしかめて言った。

見ると、ざっくりと脇の部分が裂けていた。

「怪我はないですかい」

「ああ。心配かけてすまねえな」

「あっしは突き落とした男を見てましたぜ」

「どんな奴《やつ》だった」

「ずんぐりした豚鼻の男だ」

職人風の男は言った。

「あっ」と思った。

繁蔵のところにいる手下に似ている。辰五郎が鉄太郎殺しを調べていると繁蔵が知って、調べるのを諦《あきら》めさせようとしているのか。

この調べていることは、繁蔵にとって余程知られたくないことなのか。

さっき走馬灯が見えた時に、今まで調べていた全《すべ》ての者の顔が見えたが、その中に小雪はいなかった。顔を知らないのだから無理もない。そういえば、小雪のことはまだ調べていなかった。小雪は今太郎の母親だ。伊三郎とは全く繋がっていないのだろうか。もしかしたら、伊三郎が鉄太郎を殺した訳は小雪ということも考えられないだろうか。

ただ、小雪を知っている者もそう多くないだろう。

知っているとしたら、長次くらいだ。

辰五郎はそう思い、もう一度千住に足を運んでみようと思った。

千住に着いたのは、その日の暮れ六つ過ぎであった。夕方になって、昨日と同じくらいに冷え込んできた。

一度『日野屋』に戻ってから、凜や番頭に「千住に泊まる」と言った。ここのところ、捕り物まがいのことをしていると凜が小言を言っていたが、辰五郎は適当に返事をしておいた。

それから駕籠《かご》と舟を乗り継いで千住宿まで来て、すぐに長次の家へ向かった。

長屋を入ると、長次は夕飯を終えたばかりなのか、何も載っていない皿を前に、爪《つま》楊枝《ようじ》で歯の手入れをしていた。

「親分」

長次は爪楊枝を空いた皿の上に置いた。

「長次、急にすまねえ。ちょっと小雪に関してききたいことがあるんだ」

「姐《ねえ》さんのことで？」

「小雪っていうのは、元は飯盛り女にしては気立てがよく美しい女だったそうだな」

辰五郎はきいた。

「はい。それで、鉄太郎親分が気に入って、身請けしたんです」

長次は淡々と答えた。

「鉄太郎が身請けする前のことを知っているか」

「あまり知りませんが、どういったことが知りたいのですか」

「鉄太郎の前に誰かいい人がいたとか聞いたことはなかったか」

「いえ、鉄太郎親分の前では聞いたことがなかったです。あれから昔のことを振り返っていたのですが、一度お武家さまと密通しているのを見たことがあるのを思い出しました」

長次は嫌なものでも見るような目をした。

「武士と？」

辰五郎はきき返した。

「はい。あっしが後で姐さんにそういうのはよした方がいいと忠告したんです。そしたら、姐さんは親分も知っていることだから、気に留めないでと言っておりました」

長次は不思議そうな顔をして言った。

「鉄太郎も知っている？　どういうことだ」

「あっしも疑問に思って、鉄太郎親分にそのことを報《しら》せたんです。親分はそのことは知っているから気にするなとあっしに言いました。どういうことなのか分からずに、もやもやしたのを思い出しましたよ」

長次は眉《まゆ》の間を微かに曇らせた。

「じゃあ、大した関係ではなかったのではないか」

辰五郎は気に留めないように言った。

「いえ、あれは密通でした。姐さんが武家の肩に寄り添い、何やら色目を使っていたのですから」

長次は未だにわからないといったように首を傾げた。

「ちなみに、その武士は誰だったんだ」

「後ろ姿しか見えなかったのですが、粋な長羽織姿でしてね。黒い羽織の脇の部分に三本線が流れるように入っていたのは覚えています」

「待てよ」

辰五郎に思い当たる節がある。

その羽織は、他にも同じ物を使っている者がいなければ、先代の赤塚新左衛門である。たしか、烏《からす》の羽のように見える羽織を特別に拵《こしら》えていた。

（小雪と先代の赤塚が密通？）

辰五郎は心の中でそう呟《つぶや》き、腕を組んだ。

先代の赤塚は器量が特によかったわけではないが、しょっちゅう出回っているから肌が浅黒く、さっぱりとした顔つきで、男の色気があった。仕事ぶりもよかったので、女からもてた。生来の女好きと見えて、吉原に何度も通っているところを見ているし、どこぞの遊女に惚《ほ》れられているとか、どこの後家と出来ているなど内輪だけの噂話《うわさばなし》もあったものだ。

そんな先代の赤塚だから、小雪と何かあってもおかしくはない。小雪も聞くところによると、かなりの美人だったようなので、先代の赤塚が惚れて手を出したのかもしれない。

しかし、それを鉄太郎も知っているとはどういうことなのか。

辰五郎は考えた。

そして、「もしや」と思わず声を上げた。

「どうしたんです」

長次が不思議そうにきいた。

「鉄太郎は町方から睨《にら》まれるようなことはなかったか」

辰五郎はきいた。

あの頃、本郷一家は赤塚から睨まれるようなことがあったはずだ。それに、周囲と揉《も》め事《ごと》を頻繁に起こしていた。

「そういえば……」

長次が顎に手を遣り、

「本郷一家は賭場《とば》を広げていたんです。下谷一帯は元より、神田や浅草の方にも手を出しました。浅草一家や、明神《みょうじん》一家などと毎日のように揉めていましたね」

と、思い出すように言った。

「そうだ！」

辰五郎は思い出し、つい声が大きくなった。

当時、本郷一家は勢力を拡大していて、そのことがきっかけで鉄太郎は恨まれて殺されたとも考えたくらいだ。そして、先代の赤塚が目立っていた鉄太郎に目を付けたのを思い出した。

「赤塚の旦那からも何度も注意を受けただろう」

辰五郎はきいた。

「ええ、鉄太郎親分は今がいい機会だから、いくら町方に何と言われようとも弱音を吐くなと言っていましたっけ」

辰五郎も何度か鉄太郎の本郷の家に足を運んだ覚えがある。目を見張るほど豪勢な家だった。そして、何より鉄太郎の趣味がよかった。辰五郎にはわからないが掛け軸から欄間から柱まで、どれをとっても見とれる程最高級の物しか揃《そろ》えていなかった。

ただ、いつだったか、もう本郷には行かなくてもよいと言われた。辰五郎がどういうことか尋ねてみると、本郷一家とは話がついたので行かなくてもよいとのことだった。

辰五郎は俄《にわ》かに信じられない思いでいた。

浅草一家や明神一家にきいてみても、本郷一家の傍若無人《ぼうじゃくぶじん》な振舞いは変わらないとのことだった。

「本郷一家と赤塚の旦那との間で話がついたと聞いていたが」

辰五郎は確かめるように、長次の目を見た。

「話がついたのかどうか、あっしにはわかりませんでしたが、親分は随分得意な顔をして、もう赤塚の旦那は恐くないというようなことを言っていましたね」

「それはいつ頃だ」

「ちょうど、小雪姐さんの子どもが生まれて少ししてからですよ。小雪姐さんが誰かと密通していたのもその頃で……」

長次はそう言いながら、急に何か閃《ひらめ》いたような顔をした。

辰五郎に目を合わせると、何やら口ごもった。

自分と同じことを考えているのだろうと思った。

小雪は赤塚と密通をしていた。それは鉄太郎の差し金だ。

ふたりの関係をわざと作って、操るためだろうか。

「鉄太郎が仕組んだことというのは考えられるか」

辰五郎は改まった声できいた。

「ええ、鉄太郎親分のしそうなことです」

長次は呟いた。

「すると、説明がつくな」

話しているうちに、あの当時のことが蘇《よみがえ》ってきた。先代の赤塚はあの頃悩みがあったようだ。辰五郎はそれを察して、何があったのか尋ねてみたが、先代の赤塚は口を閉ざしたままであった。

「あ、そういえば、姐さんが殺される前はよく鉄太郎親分と喧嘩《けんか》をしていたんです。たしか、男のことでした。あっしはやはりあの密通が原因ではないかと思ったんです。さらに、鉄太郎親分は生まれた子どものことを自分の子じゃないと言い出したりして」

長次はみるみる思い出していた。

自分の子どもじゃないとはどういうことなのだろう。

ただ、喧嘩をした際に言い過ぎた言葉なのか。

それとも、本当に鉄太郎との子どもではないとしたら……。

先代の赤塚との間に出来た子どもとでも言うのか。

本当は小雪を利用して先代の赤塚を操ろうとしていたが、小雪が先代の赤塚と本気になってしまったのではないか。今太郎はもしや、先代の赤塚との間に出来た子どもなのだろうか。

しかし、小雪も鉄太郎もいなければ、たしかめようがない。仮に生きていたとしても、そんなことは教えてくれるはずはないと思うが、反応を見ることは出来る。

他に知っているとしたら、と考えると繁蔵が思い浮かんだ。

繁蔵は先代の赤塚の懐刀《ふところがたな》だった。辰五郎の方が町人たちの人気は高く、多くの悪党を捕まえており、途中までは先代の赤塚も辰五郎に信頼を置いていたが、ある時から繁蔵を頼るようになってしまった。それは、先代の赤塚が繁蔵に信頼を置いていたからというよりも、今の赤塚と同じようにどこか弱みを握られていたからのような気がする。

そういえば、繁蔵が先代の赤塚に強く出られるようになったのも、ちょうど鉄太郎が殺された辺りからだった。

「本郷一家は賭場の勢力を広げて行ったんだな」

辰五郎はもう一度確かめるように言った。

「ええ、もう飛ぶ鳥を落とす勢いで。でも、ちょうどその時に鉄太郎親分が殺されたんですよ」

長次は強い口調で言った。

「そうだった」

辰五郎は頷いた。

「お前は鉄太郎が殺された直後に本郷の家に行ったんだよな」

「ええ、そうです」

「見たのは、左胸を押さえて出て行った者だけか」

「はい」

「その日の数日前とかにも怪しい人影を見なかったか」

殺しにしても、いきなり襲うはずはない。大抵は下見をするはずだ。

「さあ、そこまでは覚えていないんです。まあ、繁蔵親分は何度かお見えになりましたが」

「繁蔵が？　何をしに？」

「それもわかりません。鉄太郎親分とふたりきりで部屋で話していました。始終、笑顔だったので、悪い話ではないかと思っていました。そういえば、繁蔵親分が何か言ったから、当時本郷の家には誰もいなかったんだと思います」

「繁蔵が何を言ったんだ」

「それはわかりません。ただ、皆にその時出かけるように言っていたんです」

長次は思い出すように言った。

辰五郎は確かめた。

「それで鉄太郎以外いなかったんだな」

「はい」

長次は頷いた。

すると、伊三郎は鉄太郎が家にひとりしかいないのを知って入って行ったのだ。

（鉄太郎殺しの黒幕は繁蔵だ）

辰五郎はそう確信した。

いま考えてみると、その当時は考えてもみなかったが、鉄太郎が死んで得をするのは、浅草一家や明神一家だけではない。

先代の赤塚も脅迫する者がいなくなって得をするのではないか。

鉄太郎を殺したのは伊三郎だ。先代の赤塚と繁蔵が伊三郎に頼んで殺させた……。

だが、どうも先代の赤塚がそこまで非道なことをするとは思えない。

では、繁蔵が独断で指示したことなのだろうか。

伊三郎は繁蔵に盗みか何かで捕まった。その時、繁蔵が伊三郎に鉄太郎を殺すという話を持ち掛けた。見返りは伊三郎を罪に問わないことと、金をいくらか渡したのだろう。それから、伊三郎は鉄太郎を殺した。その時に左胸に刀傷が出来た。

もしや、これは繁蔵が勝手にやったもので、先代の赤塚の許可したことではなかったのではないか。だが、先代の赤塚も本郷一家の妾の小雪と密通していたことや、その子まで産ませたことを知られたくないために黙っていた。いや、このことが知られれば、世間は赤塚が繁蔵に頼んで鉄太郎を殺させたと見るとも考えていたかもしれない。

それが秘密なのかもしれない。

だから、先代の赤塚は繁蔵に頭が上がらないのではないか。

四

翌日の朝、辰五郎は『一柳』を訪ねた。

勝手口にいた女中に、

「忠次は？」

と、きいてみると、手下たちと打ち合わせをしているようで、辰吉もその場にいるとのことだった。

辰五郎はそれが終わるまで、他の部屋で待たせてもらうことにした。

しばらくして、襖が開いて忠次と辰吉が現れた。

ふたりは辰吉の前に座った。

「今日は赤塚の旦那と見廻《みまわ》りじゃないのか」

辰五郎はきいた。

「いえ、最近赤塚の旦那は繁蔵親分と見廻りに行くから、お前は来なくてもいいと言うんです」

忠次は苦笑いして答えた。

赤塚は忠次を避けている。繁蔵から鉄太郎殺しのことを聞いているからだろうか。

だが、あれは先代の赤塚が関わっているもので、今の赤塚は関係ないはずだ。

それでも、親のこととなれば、息子の赤塚も繁蔵に強く言えないのだろうか。自分の腹違いの兄弟の母親が、やくざの親分の妾だと周囲に知られたらと思っているのかもしれない。

「昨日、長次と話して色々わかったんだが……」

と、辰五郎は小雪が鉄太郎の差し金で先代の赤塚と密通していたこと。そして、その子が先代の赤塚との子だろうということを伝えた。そのことを種に鉄太郎から脅されていたが、繁蔵が黒幕となって伊三郎に鉄太郎を殺させたのではないかということを話した。

「だから、先代も今の赤塚の旦那も繁蔵親分に頭が上がらないと考えられますね。いくら先代が知らなかったといえ、繁蔵親分が先代の為《ため》にやったとあっては責任は逃れられそうにありませんからね」

忠次は興奮していた。

辰五郎は倅《せがれ》を見た。

辰吉は決心したような顔をして、

「繁蔵親分なら、自分のために伊三郎に鉄太郎を殺させたんじゃないか？」

と、口にした。

「どういうことだ」

辰五郎はきいた。

「繁蔵親分は先代の赤塚の旦那を操ろうとして、鉄太郎を殺させたんだ。あの人ならやりかねない」

辰吉は決めつけるように言った。

辰五郎も忠次もあえて異を唱えなかった。

「とりあえず、もう旦那は出かけたでしょうから、夕方になって今太郎を連れて八丁堀の同心屋敷へ行きましょう」

辰吉が進んで言った。

太陽が沈みかけていて、西の空が赤く染まっていた。

辰吉、辰五郎、忠次は今太郎を連れて八丁堀の赤塚の屋敷へ行った。

折よく、庭に中間が出て来た。

「旦那はもうお帰りか」

辰五郎がきいた。

「いま帰って来たばかりです。私は使いに」

中間《ちゅうげん》はそう答えて、急いで門を出て行った。

辰吉たちは玄関に入った。

「旦那！」

忠次が声を掛けると、襖を開けて出てきたのは繁蔵だった。

繁蔵は辰吉たちの後ろにいる今太郎の顔を見て、「あっ」という顔をしたが、すぐに平然を装った。

だが、辰吉はその僅《わず》かな変化を見逃さなかった。

「全員揃ってなんだ」

繁蔵が不機嫌そうに言った。

「旦那に話があるんだ。ちょっと上がらせてもらいたい」

辰五郎が繁蔵を睨みつけるようにして言った。

「駄目だ。勝手に押しかけてきて。旦那だって都合がある」

間髪を入れずに繁蔵が言い放った。

「繁蔵親分、この男が『花田屋』の主人の伊三郎の死に関わっていると言っているんですよ」

忠次が言った。

「いい加減なことを言いやがって」

「嘘《うそ》じゃありません。どうやら、以前にもこの男を捕まえて、逃がしたそうですね」

忠次は繁蔵を挑発するように見た。

「何のことだ」

繁蔵はぶっきらぼうに答えた。

辰吉が自分はどこで口を挟もうかと考えていると、

「おい、繁蔵。岡っ引きの仕事っていうのは、罪を作りあげることじゃねえだろう。伊三郎殺しは勘助ではなくて、自分が関わっていると名乗り出ているんだ。話くらい旦那にさせてやってもいいだろう」

辰五郎が低い声で投げかけた。

繁蔵はぶすっとした顔を強め、

「お前らの言っていることはわからねえ。これ以上、ここに居てもらっても迷惑だ。帰れ、帰れ！」

と、声を荒らげた。

奥で物音がした。

辰吉はその方に目を向けたが、襖は閉まっており、中の様子は窺えない。が、赤塚が聞き耳を立てているのだろうと思った。

「とにかく、旦那に会わせてくれ」

辰五郎がもう一度言った。

しかし、繁蔵は首を横に振り、無言の圧力をかけてくる。

「旦那、旦那！」

辰吉は声を掛けた。

がさっという衣擦《きぬず》れの音が聞こえた。

「迷惑だと言っているのが聞こえねえのか」

繁蔵は怒声を浴びせた。

「ここはお前の家でもねえだろう」

辰五郎が冷静に言った。

繁蔵は辰五郎に顔を向けた。辰五郎も繁蔵を見て、押し黙って睨み合った。

ふたりの目が宙でぶつかり合っていた。

このままでは埒《らち》が明かない。

「旦那、出てきていただけないのなら、ここから話します」

辰吉は大声を上げた。

「おい」

繁蔵がすかさず鞭《むち》を打つような声を叩きつけた。

その声を無視して、辰吉は続けた。

「失礼を承知でお話しします。旦那、『花田屋』の伊三郎殺しの下手人は勘助ではありません。その場にいたのは今太郎ですが、今太郎に殺すつもりはなく、伊三郎が襲ってきたところ、誤って川に落ちてしまったんです。そもそも、伊三郎が過去に鉄太郎を殺したことから始まったことです。鉄太郎殺しについては旦那もご存知かもしれません。それを画策したのは、この繁蔵親分なんでございましょう。それで、先代の旦那も、あなたも繁蔵親分には頭が上がらないのでございましょう」

辰吉は一気に言った。

「なに、でたらめを言いやがる」

繁蔵は辰吉の言葉を止めようと殴りかかる勢いで、辰吉に向かってきた。

忠次と辰五郎が繁蔵を止めた。

「でたらめかどうか、旦那が一番よくおわかりでしょう。今太郎は鉄太郎との間に出来た子ではないんです。小雪と先代の旦那との間に出来た子なんでしょう？　やくざの妾との間に出来た子が兄弟にいることが嫌で、繁蔵親分に物を言えないのでしょう。それとも、先代のことを庇うためですか」

辰吉は続けた。

しかし、赤塚からの反応はなかった。

「旦那！　勘助という男は身に覚えのない罪で捕らえられて、死罪になるかもしれないんですよ。あなたの自分勝手な思いでそうさせて構わないんですか！」

辰吉は腹の底から声を出した。

「おい、言い過ぎだ」

忠次が注意した。

「でも、本当のことじゃないですか。あっしの知っている旦那はそんな卑劣なひとではありません。旦那ならわかってくれると思って」

辰吉がそう言うと、奥の襖が開いて赤塚が暗い顔をして向かってきた。

「旦那、わざわざ出て来る必要ありませんぜ」

繁蔵が叫ぶように言った。

「いや、もういい」

赤塚はそう言いながら、辰吉の前に来て、

「お前の言っていることは間違いではない」

と、小さな声で言った。

「え？」

辰吉は思わずききかえした。

「……」

赤塚は顔を俯けた。

「あっしの言っていることが全て合っているっていうことですか」

辰吉はたしかめた。

「そうだ、親父は小雪という女と良い仲になって、子どもまで作った。そのことで鉄太郎に脅されていた。俺は当時、十幾つだったので知らなかったが、あとで知ることとなった」

赤塚はそれ以上のことは言わなかった。

「勘助はどうなるんです」

辰吉はきいた。

「そこにいる今太郎から話を聞いて、ちゃんとした判断を下したい」

赤塚が今太郎を見た。

今太郎も赤塚を見て、複雑な表情をしていた。辰吉はふたりを見比べて妙に思った。似ているようには思えなかった。

「お前が俺の腹違いの弟……」

赤塚はその後の声を飲んだ。

「赤塚の旦那と今太郎はあまり似ていませんね」

辰吉は思わず口にした。

辰五郎が頷き、

「今太郎」

と、声を掛けた。

「へい」

「お前は、長次に鉄之助と間違われたと言っていたな」

「はい。今、島にいるそうですが」

「赤塚の旦那を見て、血がつながっていると思うか。兄弟だという気がするか」

「いえ」

今太郎は首を横に振った。

「辰五郎、どういうことだ？」

赤塚がきいた。

「今太郎は先代の旦那の子ではなく、鉄太郎の子でしょう」

「なんだと」

「先代の旦那を脅すために、鉄太郎が嘘をついたか。あるいは、鉄太郎もそう思い込んでいたか……」

「そうか。父は騙《だま》されていたのか」

赤塚がやりきれないように言った。

繁蔵は分が悪くなったからなのか、目を赤くさせて勢いよく土間に下りた。

「おい、逃げるのか」

辰五郎が呼びかけ、

「関係のない勘助を罪に陥れた責任をどう取るつもりだ」

と、迫った。

「そのくらいの間違いは誰だってあらぁ」

「間違いじゃない。今太郎を捕まえると、真相がばれるといけないので、勘助を下手人にさせたんだ！」

「……」

繁蔵は答えない。

「たしかに繁蔵は悪いことをしたかもしれないが、親父のためにしてくれたんだ」

赤塚が庇うように言い、

「繁蔵、もう帰れ」

と、命じた。

繁蔵は黙って帰って行った。

「繁蔵親分をどうするんですか。鉄太郎を殺させた黒幕ですし、勘助をはめた男ですよ」

辰吉は赤塚に喰《く》らいつくように言った。

「辰吉、旦那をあまり困らせるんじゃねえ。今さら鉄太郎殺しの黒幕が繁蔵だと証明できないんだ。赤塚の旦那が認めただけで十分だろう」

辰五郎が窘《たしな》め、

「あとは赤塚の旦那に任せよう」

と、言った。

「忠次、あとは頼んだぜ」

辰五郎が忠次に言い、

「帰ろう」

辰五郎と辰吉は先に赤塚の屋敷を去って行った。

五

一月後、年末も押し迫ってきて、町では正月用品を売り歩く者なども見えてきた。

大川にもさすがに忙しい時だからか、舟を浮かべて遊興に耽《ふけ》る旦那衆もいなかった。

辰吉は両国橋《りょうごくばし》を渡った時、目の前にふっくらとした丸顔の男を見かけた。

「あ、辰吉さん」

向こうから話しかけてきた。

「勘助、元気にしていたか」

「ええ、辰吉さんのお陰です。本当にありがとうございました」

勘助は頭を深々と下げて礼をした。

周囲の人が何だろうとふたりを奇異な目で見ていた。

「おい、こんな道中でやめてくれよ」

辰吉は苦笑いしながら、勘助の頭を上げさせた。

「ところで、今太郎はどうなったんです？　なんか可哀想《かわいそう》な気もしてきて」

勘助が声を潜めて言った。

「赤塚の旦那がよく計らってくれて、伊三郎は事故で死んだということになった。今太郎はもう牢から出てきたそうだ。今太郎の今後のことは赤塚の旦那が考えてくれるそうだ」

辰吉は言った。

「そうですか。兄弟ではなかったとしても、父親が親しくしていた女の子なのだ。でしょう。あっしが八王子から戻った時には、優しい言葉を掛けてくれたのに、それから急にあっしを捕まえて下手人だと言ったんです。まあ、それでも牢に入る前に、いじめられないようにと、ツルを忍ばせてくれたんですけどね」

ツルとは金のことである。新入りにツルがないと、入牢の際にひどい目に遭う。赤塚はそれを考慮してくれたのだろう。辰吉はまさか赤塚が勘助にそんなことをしているとは知らなかった。罪悪感があったからだろう。

「旦那もひとだ。誤る時もある」

辰吉は繁蔵に脅されていた訳を話したかったが、ぐっと堪《こら》えた。

「そうですか。あっしが解き放たれた時には、深々と謝ってくれて、少ないけどと言って一両の金までくれたんです」

「へえ、そんなことまで」

辰吉は赤塚はやはり、根は悪いひとではないのだと思った。余計に繁蔵が憎らしく思えてくる。

「辰吉さん、何かあったらあっしが力を貸しますんで、遠慮なく言ってください」

勘助が意気込むように言った。

「おう、ありがとよ」

辰吉は笑顔で別れて、両国橋を進んだ。

振り返ると、勘助は背筋を伸ばして歩いていた。ふと、目の片隅にずんぐりとした繁蔵の姿が留まった。

こっちを睨んでいるようだ。

だが、辰吉が気が付くと、繁蔵は目を逸《そ》らしてこそこそ逃げるように反対方向に去って行った。

繁蔵は反省なんかしないだろうが、これで少しはおとなしくなるだろうと、辰吉は小気味よく思った。

急いで、先に歩いている凜と小鈴の元に駆けて行った。これから、お酉さまに一緒に行けなかった埋め合わせのために、亀戸天神《かめいどてんじん》へ行くところだった。

本書は時代小説文庫（ハルキ文庫）の書き下ろし作品です。

時代小説文庫
こ 6-35

親父《おやじ》の十手《じって》を輝《かがや》かせ 親子十手捕物帳《おやこじってとりものちょう》❸

著者 小杉健治《こすぎけんじ》

2019年 11月18日第一刷発行

発行者 角川春樹

発行所 株式会社 角川春樹事務所
〒102-0074 東京都千代田区九段南2-1-30 イタリア文化会館

電話 03(3263)5247[編集] 03(3263)5881[営業]

印刷・製本 中央精版印刷株式会社

フォーマット・デザイン&シンボルマーク 芦澤泰偉

ISBN978-4-7584-4301-2 C0193

http://www.kadokawaharuki.co.jp/[営業]
fanmail@kadokawaharuki.co.jp[編集] ご意見・ご感想をお寄せください。